SUSANA VALLEJO

EL ESPÍRITU DEL ÚLTIMO VERANO

W0222381

PREMIO EDEBÉ DE LITERATURA JUVENIL

edebé

Obra ganadora del Premio EDEBÉ de Literatura Juvenil según el fallo del Jurado compuesto por: Sr. Xavier Brines, Sra. Victoria Fernández, Sra. Anna Gasol, Sra. Rosa Navarro Durán y Sr. Robert Saladrigas.

© Susana Vallejo, 2011

© Ed. Cast.: Edebé, 2011
Paseo de San Juan Bosco, 62
08017 Barcelona
www.edebe.com

Directora de Publicaciones: Reina Duarte
Diseño de la colección: Book & Look
Fotografía de cubierta: Getty Images

11.ª edición

ISBN: 978-84-683-0163-1
Depósito legal: B. 7994-2011
Impreso en España
Printed in Spain
EGS - Rosario, 2 - Barcelona

Cualquier forma de reproducción, distribución, comunicación pública o transformación de esta obra solo puede ser realizada con la autorización de sus titulares, salvo excepción prevista por la ley. Diríjase a CEDRO (Centro Español de Derechos Reprográficos) si necesita fotocopiar o escanear algún fragmento de esta obra (www.conlicencia.com; 91 702 19 70 / 93 272 04 45).

Para Vicky,
en recuerdo de la Casa del Árbol.

I

Apreté el acelerador y entré en la autopista tan cargado de dudas como de libros la mochila de un niño en su primer día de clase. Me preguntaba si no estaría haciendo el idiota, porque para poder volver al lugar en el que transcurrieron los veranos de mi infancia y adolescencia, me había inventado una excusa tan peregrina en el trabajo que la voz de mi jefe se había cubierto de sospechas y desconfianzas. Me estaba jugando el puesto que tanto me había costado conseguir y lo hacía por un simple sueño.

Porque esa noche había soñado con la Casa del Árbol y con mi abuela Flor, y ella me había rogado que regresara.

Cuando me desperté, a unas horas intempestivas que eran demasiado tempranas para levantarme pero excesivamente tardías como para dormirme de nuevo, sentí como si aún respirase el aire de los veranos de la Casa del Árbol. Y entonces, incorporado en la cama, con la magia del sueño y un extraño perfume a césped recién cortado y a hinojo flotando alrededor, supe que tenía que volver. De pronto, después de tantos años y gracias a un sueño, había comprendido dónde estaba escondido el tesoro. El tesoro de la reina mora.

En el sueño había recuperado lo que creía haber olvidado, el tono de voz de mi abuela, su sonrisa, su mirada dorada y todas y cada una de las palabras del poema de la reina mora, como si no hubiese pasado ni una semana después de aquel último verano en la Casa del Árbol.

En el pasado, el viaje se me hacía interminable. ¡Lo que podíamos llegar a tardar con el Ford Escort de mi madre o el autobús de línea! Pero ahora la ciudad parecía haberse expandido hasta lo que antes eran masías y campos de labranza, y la autopista llegaba casi hasta la urbanización.

La batalla del cemento contra la naturaleza tenía toda la pinta de inclinarse hacia el lado de los ladrillos. Apenas había dejado de ver casas adosadas, chalés y polígonos industriales cuando llegué a la salida de la costa.

Me costó reconocerla. Había recorrido mil veces aquel trayecto y sin embargo todo era diferente. En mi memoria seguía viva la estrecha carretera que nacía rodeada de robles que abrazaban el camino con un mimo vegetal. Sé cómo olía ese bosque porque en verano, en aquel entonces, el aire acondicionado era un lujo que pocos coches poseían, y nosotros siempre llevábamos las ventanillas bajadas. Aquel camino era el de la tierra caliente y el musgo a la sombra de los pinos, de las centenarias encinas y de los alcornoques.

En primavera era una carreterilla ondulante que atravesaba pastos verdes y frescos, y campos de amapolas que estallaban en una explosión roja, tan roja como la sangre, que salpicaban las orillas del camino como si gritasen a los cuatro vientos que se aproximaba otro largo y nuevo verano.

Ahora comprobaba que aquel camino rodeado de árboles ya sólo era un recuerdo. Porque yo circulaba por una autovía de cuatro carriles que había engullido el bosque y los campos de amapolas. Y ese agreste paisaje verde y rojo y amarillo había sido reemplazado por diferentes y encantadores tonos de asfalto: gris perla, gris oscuro, gris marengo…

Pisé el acelerador preguntándome si sería capaz de encontrar la salida que conduciría a la Casa del Árbol, porque también había desaparecido la masía que anunciaba que nos acercábamos a la urbanización y la enorme higuera bajo la que siempre había un chucho o dos, y los establos y los caballos que tanto me habían impresionado en la infancia.

Traté de imaginarme cómo convencería a los actuales propietarios de la casa para que me permitiesen entrar, y si sería capaz de enfrentarme a los recuerdos de mi último verano allí, el verano del tesoro de la reina mora, el de la muerte de «F».

Me sorprendió que la salida que conducía al pueblo estuviera claramente indicada con un enorme letrero.

Me interné entre las calles llenas de agujeros y baches.

Y después, allí, en la urbanización, todo parecía igual, como si el tiempo no hubiese transcurrido. Sólo me llamó la atención la cantidad de carteles que anunciaban «SE VENDE» desde las verjas y las puertas de las casas y parcelas.

Por eso, al girar la curva que sube la colina, me impresionó tanto encontrarme con que la casa de los vecinos, la de Montse y Joan, ya no existía.

En su lugar, en el solar, había montones de arena removida que reposaban junto a enormes rocas, pilas de troncos cortados y una excavadora que enseñaba los dientes, como un monstruo amarillo satisfecho después de haberse zampado a su presa.

Y a su lado, esperando su turno, inocente e ignorante de su destino, permanecía impertérrita la Casa del Árbol.

Sólo entonces, al contemplar ese paisaje desolado, comprendí que estaban construyendo una nueva salida de la autovía hacia la costa, que la casa de mis antiguos vecinos ya había caído bajo las garras de las máquinas excavadoras, y que las obras estaban a punto de tragarse la casa de mis abuelos.

Y sonreí, porque en ese momento entendí el sueño que me había llevado hasta allí.

Nunca me había podido despedir de la casa como debía. Y ahora que iba a desaparecer para siempre me había llamado para que lo hiciese.

Las casas, según contaba mi abuela, mantenían el espíritu de sus moradores por siempre. Y la Casa del Árbol me había invitado a visitarla de nuevo porque teníamos una cuenta pendiente.

Aparqué frente al muro cubierto de hiedra descontrolada y sorteé un par de tocones de árboles cuyas raíces se extendían hacia el cielo como zarpas desesperadas por encontrar un nuevo lugar en el que arraigar.

Me dirigí hacia la verja oxidada que aún conservaba

restos de pintura verdosa. Me asomé al interior y contemplé la vegetación y las malas hierbas que invadían lo que había sido un jardín primoroso.

El roble inmenso que daba nombre a la casa, seguía allí, junto a la entrada, desafiando al tiempo y a las excavadoras. Y allá en lo alto, imponente pero ahogada entre las zarzas y la hiedra, estaba la casa, la Casa del Árbol, tal y como la recordaba, aunque maltratada por el paso del tiempo y claramente abandonada.

Me pregunté cuánto tiempo habría necesitado la naturaleza para hacerse con ella. Nosotros la habíamos vendido hacía ya seis años, y aquello tenía todo el aspecto de llevar abandonado unos cuantos.

Observé el candado herrumbroso que cerraba la verja. Y sin pensarlo, mi pie buscó la piedra del muro que sobresalía a media altura. Me apoyé en la valla, y como había hecho mil veces, salté por encima.

—He vuelto, abuela —murmuré.

La muerte anunciada

—He llegado, abuela —grité saltando la verja.

Aterricé junto al inmenso roble que crecía junto a la puerta. Mi abuela Flor estaba trajinando entre los lilos. Ella era una mujer rubia y más bien regordeta, que cuando trabajaba en el jardín se ponía botas de goma y guantes como si se tratase de su uniforme oficial de faena.

—¡Te he dicho mil veces que llames al timbre, Fran! ¡Me vas a aplastar las flores! ¿Y dónde has dejado la maleta? —me dio dos rápidos besos, uno en cada mejilla—. ¡Ah! ¡Una mochila! Anda, cógela y no la dejes ahí tirada... ¿Y por qué no me has avisado de que llegabas hoy? Tu madre me dijo que vendrías mañana. El abuelo hubiese ido a recogerte... ¿Has venido en autobús?

Pasé de contestar a cualquiera de las preguntas, recogí la mochila y corrí hacia la casa.

—Si me hubieses avisado, te hubiera preparado escalivada... —continuó su voz tras de mí—. ¡Y están los tíos en la habitación de abajo!, tendrás que dormir arriba... Está haciendo fresco, hay que buscar una manta.

La voz de la abuela Flor, que ya hablaba para sí misma, murió tras de mí.

Subí la escalera, atravesé el porche y me planté ante la puerta de la casa.

—¡¡Ricaaard!! —grité.

Nunca lo llamaba «abuelo».

—¡¡Estoy aquííí!!

—Hombre, vaya, mira tú a quién tenemos aquí... Buenos días, Fran.

—Hola, tío —mi tío Fidel tenía una barba que era casi blanca por completo, y según cómo, me recordaba a la de Papá Noel—. Tu abuelo está en el huerto, ahí detrás —señaló hacia la puerta de la cocina—. ¿No venías mañana?

—Pues no; hoy —dije sin ganas de dar explicaciones.

Atravesé la cocina para salir al porche de la parte de atrás. Ricard estaba agachado en el huerto. Como de costumbre, llevaba una camisa impecablemente planchada por mi abuela y un prehistórico sombrero de paja. Sus cabellos blancos intentaban escapar del gorro y flotaban a su alrededor como una aureola.

—Hola, Ricard.

—¿Pero no llegabas mañana? —se incorporó para abrazarme.

Me encogí de hombros.

—He preferido venir hoy.

—Ya —Ricard arrastró el monosílabo y no me hizo más preguntas.

Su mirada transparente se posó un momento en la mía y una lucecilla de entendimiento prendió sus ojos azules. Nos comprendíamos con sólo mirarnos. Seguro que había adivinado que había tenido una bronca con mi madre. Y que por eso había adelantado mi llegada.

Para evitar enfrentarme a su escrutinio, me dediqué a observar los lustrosos tomates que adornaban su huerto, como si fuesen lo más emocionante del mundo.

—Éstos no son los tomates de todos los años… —le dije por decir algo.

Él apartó de mí su mirada y la dejó vagar sobre las plantas.

—No, claro. Éstos no crecen en racimos, salen solos, de uno en uno. Van a su aire, como tú, más o menos...

—Yaaa —no tuve más remedio que acudir al mismo monosílabo y arrastrarlo como había hecho mi abuelo antes—. Los tíos están aquí... —señalé una obviedad tan sólo por cambiar de tema. Siempre los llamaba «tíos», aunque en realidad eran «tíos abuelos».

—Sí, pero mañana se van a Llançà... Aunque volverán en cinco días. No nos vamos a librar tan fácilmente de ellos.

Sonreí.

Sonrió.

Ricard y yo nos entendíamos a la perfección.

Después, cuando entré en la casa, me encontré a la tía Visi en el piso de arriba. Estaba en el baño. La puerta permanecía abierta de par en par; ella se sentaba sobre la taza del váter con los pies metidos en una palangana de agua. Visitación, Visi para todos, era alta y delgada, seca como un palo y con unas arrugas tan marcadas como si las hubieran cincelado en roca viva. No se parecía nada a su hermana, a mi abuela, y sin embargo tenían un «algo» familiar, algunos gestos o la risilla aguda que las dos reproducían con la misma cantinela.

—¡Fran! ¡Vaya sorpresa! Anda, ven a darme un beso. Pues sí que has crecido desde Navidades… —sentí volar dos besos en el aire, cerca de mis mejillas—. Perdona, hijo, pero estoy haciéndome la pedicura.

Me sonrió con su bocaza perfilada de rojo pasión.

La dejé con los pies en remojo para subir mi mochila hasta la buhardilla.

Otro verano comenzaba en la Casa del Árbol. Los pies de la tía Visi se ablandaban en el agua, el tío Fidel se había hecho con parte del salón para montar su centésima maqueta de barcos, la abuela cuidaba del jardín y Ricard, del huerto. Sólo faltaban el tío Federico, alias Fede, y mi madre para que aquello se convirtiese en la misma jaula de grillos de todos los años.

Sólo que entonces no sabía que aquél iba a ser un verano diferente. El último. El del tesoro. El de la muerte anunciada.

—¿Has puesto las pinzas nuevas en su sitio?

—¡Pues claro! ¿Qué hacen si no esas rojas ahí con las otras? ¡Pues claro que las he puesto!

La tía Visi se enzarzó con el tío Fidel en la enésima discusión absurda. Eran una de esas parejas que se pasan la vida porfiando por los temas más ridículos. Yo tenía claro que seguirían así hasta que se muriesen; mi madre opinaba que no, que un día de estos nos darían una sorpresa y se divorciarían. El tiempo me acabaría dando la razón: siguieron juntos hasta que el tío murió y mi tía Visi se convirtió en una extravagante viuda que le acompañó a la tumba un par de años después.

—Esas maquetas tuyas te han sorbido los sesos —continuó mi tía—. ¡Todas las pinzas de la ropa están por ahí sujetando palos y maderas!

—Sujetan vergas —aclaró mi tío.

—¡Vergas! ¡Ya hablaremos tú y yo de vergas luego! ¡Esos barcos tuyos han invadido nuestra casa y ahora la de Flor!

Buscó con la mirada el apoyo de su hermana, a la que suponía tan harta de las maquetas de su marido como ella misma, pero no lo encontró. Lejos de amilanarse, continuó con su ataque frontal y eterno plan de acoso y derribo contra mi tío Fidel.

—No son más que un nido de polvo, de ácaros y de guarrería... Un día de estos los quemaré en las hogueras de San Juan.

—Si tocas uno solo de mis barcos, seré yo quien recogerá todas tus cremas y potingues y los tiraré al mar.

Yo, que permanecía resguardado de la tempestad en el sofá del fondo del salón, parapetado tras un cómic de *La Patrulla X,* no pude dejar de imaginarme el agua del mar contaminada por las grasas y ungüentos de mi tía. La imagen me hizo estremecer.

—¡A cenaaar!

Mi abuela Flor asomó la cabeza y su presencia puso un punto y seguido en la jarana familiar.

La puerta principal de la Casa del Árbol se desplegaba en una escalinata que nacía en el jardín de la parte delantera. Aprovechando una irregularidad del terreno, habían construido un porche con un tejado de obra que cobijaba una mesa y unas cuantas sillas de mimbre. Mi abuela lo llamaba el «porche de verano» y era allí donde solíamos cenar.

Yo no tenía ni idea de esas cosas en aquella época, pero Ricard me explicaba que la puerta principal estaba orientada al norte y el porche también, así que en verano era un lugar que permanecía casi todo el día a la sombra. Siempre hacía fresco allí y la temperatura era muy agradable.

Por el contrario en invierno hacía un frío de narices. Entonces ocupábamos el «porche de invierno». Porque en la parte de atrás de la casa también había un jardín, aunque más pequeño que el que acompañaba a la puerta principal. Se podía acceder a él desde la cocina, y mis abuelos habían hecho construir allá una pérgola bajo la que se refugiaba una amplia mesa de madera con unos bancos corridos. La hiedra trepaba por las columnas y a su lado el huerto de Ricard y un parterre de flores y plantas aportaban un toque de color. Esa parte de la casa estaba orientada hacia el sur, y la mayor parte del día permanecía al sol. En verano hacía un calor infernal y ni la clemente sombra de la pérgola nos permitía disfrutar del porche en aquella época del año.

Pues bien, durante los estíos, esta idílica estampa del porche de verano dispuesto para la comida o la cena se adornaba con unas misteriosas cajitas que colgaban del techado y las columnas, y que no eran otra cosa que trampas para avispas y mosquitos. También había colocadas unas cintas pegajosas cuya finalidad era la de atrapar moscas. De manera que en el porche, para librarnos de los insectos, siempre estábamos acompañados por sus cadáveres.

Mi abuela Flor mantenía su guerra particular contra la naturaleza. Sabía que era una lucha perdida, pero a veces, cuando esgrimía un insecticida en aerosol persiguiendo mosquitos, polillas nocturnas o arañas, gritaba como una posesa: «¡Ganaréis la guerra! ¡Pero esta batalla es mía!»

Realmente no me hubiese gustado ser un insecto enfrentado a ella. Era una contrincante temible armada con sus *sprays* y matamoscas.

Aquella noche en el porche de verano, mi abuela Flor también había encendido algunas velas aromáticas. Por supuesto no tenían ningún propósito romántico. Con ellas pretendía alejar a los mosquitos. Pero esa luz tenue daba un aire denso y mágico a la noche. Y el olor a limón, aunque algo mareante, todo hay que decirlo, conseguía crear un encanto especial.

El hechizo se rompió cuando la tía Visi descubrió la ensalada que presidía la mesa.

—La lechuga se anega en aceite y vinagre —sentenció con tristeza, igual que quien ve ahogarse a un gatito en el agua.

—A mí me gusta así —aclaró el tío Fidel.

—Esto ni es una ensalada, ni «na». ¡Cómo os podéis comer esto!

—Cuestión de gustos, Visi —apuntó Ricard.

Mi tía Visi se echó algo de ensalada en su plato con un mohín de disgusto. Fidel sonreía a mi abuelo. Éste había sido un punto para mi tío. El resto de la noche continuarían batallando el uno contra el otro como dos expertos espadachines, a veces como bailarines siguiendo una coreografía delicada, otras como directos adversarios que lanzaban certeros golpes para atravesar el corazón del contrincante.

Mi abuela Flor repartió el pan con tomate.

—Ea. Haya paz… Después de la cena haremos una sesión. No lo olvidéis.

Cómo no. Si éramos más de tres personas en la casa, se organizaba una sesión. Una sesión de espiritismo, claro. Ésas eran las cosas de mi abuela Flor. Estábamos tan acostumbrados a ellas como a sus botas de jardinera o su manía a los insectos.

—A ver si los ánimos se pacifican —continuó ella—, necesitamos un ambiente relajado…

Sonreí a mi abuelo Ricard. Si algo era imposible entre nosotros era precisamente eso: un entorno pacífico.

—Ya han llegado los vecinos, Fran —mi abuela se dirigió directamente a mí, como si se tratase de una inocente y tópica conversación—. Alba también ha venido…

Lo dejó caer así, como quien no quiere la cosa, como quien arroja un pez recién pescado en un cubo con un solo palmo de agua. Así de tramposa y resbaladiza era la cuestión.

Tengo que explicar lo de Alba. Los vecinos de mis abuelos, Montse y Joan, tenían una nieta que los acompañaba durante algunas semanas en verano. Ella se llamaba Alba, tenía un año más que yo y, cuando éramos críos, jugábamos siempre juntos en su jardín o en el mío. Éramos grandes «amiguitos», tanto que incluso montaron en la valla que separaba su parcela de la nuestra una puerta para que pudiésemos pasar el uno a la casa del otro sin problemas. Como éramos «amiguitos perfectos», nuestros respectivos abuelos daban por sentado que acabaríamos convertidos en unos «novios perfectos», y después en un perfecto matrimonio.

Por eso, cuando crecimos, Alba mucho más rápidamente que yo —hay que reconocerlo— y nuestros intereses empezaron a divergir, ellos nunca terminaron de admitir que nuestra amistad hubiese languidecido para acabar muriendo. Y por eso se empecinaban en organizar meriendas o actividades en las que nos encontrásemos, cosa que no nos hacía gracia a ninguno de los dos y que evitábamos siempre que nos era posible.

Ahora, en verano, cuando nos encontrábamos, tan sólo cruzábamos un «Hola, ¿qué tal?», «Bien, ¿y tú?», «Hasta luego» o «Adiós». Ésa era nuestra profunda relación: la de dos vecinos que se encuentran dos o tres veces al año.

—Y también está su prima. Es muy mona… —la abuela tiraba directamente a matar.

—Muy mona, Fran —recalcó Ricard.

¡Ah! Si mi abuelo lo decía, vaya, entonces es que se trataba realmente de una información valiosa. Tenía que ser «muy mona» de verdad.

—¿Y el resto de la gente? —les pregunté sin auténtico interés.

—Algunos ya han venido, pero de los de tu pandilla, no he visto a nadie.

Mi abuela siempre decía «pandilla», lo que a mí me sonaba como sacado del Pleistoceno. Hacía años, unos cuantos de la urbanización que éramos más o menos de la misma edad lo pasábamos en grande en los veranos. Pero después empezó la etapa de las «parejitas», y unos crecieron y otros desaparecieron, y bueno, aunque siempre estaba bien encontrarse con los viejos amigos, yo tenía claro que los buenos tiempos ya habían pasado para la «pandilla», y los que habían sido mis amigos del verano ahora ni lo eran, ni me apetecía que lo fuesen. Eran simplemente antiguos conocidos.

—...También está la hija de Joanna, que está embarazada, y Lluís, el nieto de Toni, que se ha comprado un piso en Calella. Se ha ido a vivir con su novia...

Yo ya había desconectado. Mi abuela Flor hacía un repaso a la vecindad y a los asuntos sociales de la urbanización, que, la verdad, me importaban un bledo.

Me concentré en la cena, en la ensalada ahogada en aceite y vinagre, y dejé que el runrún de la conversación me acompañase como un simple ruido de fondo.

Después de la cena, mi abuela encendió más velas —no aromáticas— y apagó las luces de la casa para comenzar una «sesión».

Hasta donde alcanza mi memoria mi abuela organizaba sesiones de espiritismo. Creo que ella y su hermana Visi eran las herederas de una generación que vivió su primera juventud antes de nuestra Guerra Civil. Por aquel entonces, entre determinados estratos de la sociedad, estaban de moda pasatiempos tan curiosos como las sesiones espiritistas, o juegos exóticos como el Mah Jong. Después, la guerra se había llevado además de su juventud y su inocencia, estos curiosos usos y costumbres.

Pero a nosotros nos parecía natural que después de cenar la abuela Flor sacase su tapete de la *ouija*, que no era otra cosa que uno de fieltro verde que en origen había servido para jugar a las cartas y que ella había adaptado dibujando sobre él las letras del abecedario, y un «sí» y un «no» en el centro.

En cuanto preparó todo, nos pidió silencio.

Mi abuela y la tía Visi cerraron los ojos con un gesto serio de concentración. Los demás nos contemplamos, como siempre, con una mezcla de aburrimiento y escepticismo.

Mi abuela cogió un vaso corriente de agua, lo sopló, y todos pusimos un dedo sobre él.

—¿Estás ahí? Si estás ahí, manifiéstate —convocó mi abuela con una voz firme.

El vaso, como la inmensa mayoría de las veces, se empeñaba en disfrutar de la quietud y el equilibrio inherentes a su naturaleza de objeto inanimado.

—Si estás ahí, manifiéstate —repitió en un susurro.

—Ésta no es buena noche para los espíritus, Flor —intervino mi tía en una voz casi inaudible—. La luna está creciendo, el viento sopla del sur…

—Sshhh —intervino mi abuela.

Me recorrió un escalofrío. No sé si fruto de la brisa nocturna o de algo más… Porque de pronto, el vaso pareció vibrar, y como había visto en otras ocasiones, comenzó a desplazarse por el tapete muy despacio, como si le costase desprenderse de su propio peso.

Todos admirábamos con interés el fenómeno. Yo levanté de forma casi imperceptible el dedo, tan sólo para comprobar, como siempre hacía, quién era el que movía el vaso de verdad, pero no encontré a ningún culpable evidente.

El vaso, al parecer, se movía por sí solo. Porque le daba la gana. Porque, quizás, como siempre acababa dudando en las sesiones de mi abuela Flor, un espíritu errante había acabado por acercarse con curiosidad a ese grupo de dementes que éramos nosotros: unos veraneantes ociosos y aburridos.

—¿Quién eres? —preguntó mi abuela con dulzura.

El vaso pareció animarse, como si le hubiesen afectado los *whiskys* o las ginebras que hubiese podido contener en el pasado, y se aceleró, dando vueltas al tapete sin detenerse ni mostrar un claro interés por ninguna de las letras.

Mi abuela le dejaba hacer. Decía que no había que forzar a los espíritus; que después de todo, ya que tenían el detalle de acompañarnos, no podíamos encima pretender que hiciesen o dijesen lo que nosotros quisiésemos. Por eso las sesiones de mi abuela se convertían a menudo en curiosos ejercicios de surrealismo, en los que ella preguntaba algo, y el vaso contestaba palabras y letras sin sentido, y en contadas ocasiones, otras palabras que nada tenían que ver con la cuestión que ella le había formulado.

Pero aquella vez no fue así.

—¿Quién eres? —repitió suavemente mi abuela.

Y el vaso pareció centrarse y se colocó, claramente, unos instantes sobre la «G». Y después, con la misma elegancia de un patinador sobre hielo, se desplazó sobre el tapete verde para llegar a la «I».

Todos aguantábamos la respiración y yo, en un susurro, intentaba juntar las piezas del puzzle en que se había convertido el tapete:

—Gi...

Enseguida voló hacia la «P», y luego a la «S»…

Yo no terminaba de entender el sentido de aquello:

—Gi...p…s…

Y por fin, aterrizó en la «Y».

Y se quedó allí parado como esperando nuestra respuesta.

¡Entonces lo entendí!

—¡*Gipsy!* —exclamé.

—Shhhh, no grites Fran, por Dios —me recriminó mi abuela.

—¿Y qué es «*gipsy*»? ¿Eso es algo? —preguntó mi tío Fidel.

—*Gipsy* es *gitano* en inglés —les expliqué —, como los Gipsy Kings…

—¡Acabáramos! No, si ahora habrá que aprender inglés para hablar con los espíritus, ¡lo que nos faltaba! —refunfuñó el tío Fidel.

—Ssshhh —nos mandó callar mi abuela—. ¿Eres un *gipsy*? —preguntó al vaso ignorándonos a todos.

El vaso retomó su danza para terminar parado sobre el «sí». Y como si aquello le hubiese emocionado sobremanera, volvió a su loco baile sobre las letras en un incomprensible sin sentido.

—Creo que *gipsy* no sólo es inglés —apuntó nerviosa mi tía Visi—, yo diría que también se ha usado en…

—¿Tienes algo que decirnos? —la interrumpió mi abuela.

El vaso volvió a posarse sobre el «sí» con la misma delicadeza de una mariposa sobre una flor.

—Habla entonces.

Y sin saberlo, con esas palabras tan simples, desató la muerte anunciada que nos atormentó durante aquel verano.

El vaso comenzó en la «M». Y después buscó la cercana «O».

Yo iba siguiendo la palabra por lo bajo:

—M...o…

Luego se desplazó hasta la «R». Y después dio un largo rodeo para acabar en la «I».

—Mo...ri…

Volvió a cogerle un ataque de velocidad y divagó hasta la «R» y luego, como una flecha, llegó hasta la «A».

—¡Morirá! —grité al tiempo que un escalofrío me hizo saltar del asiento.

Y conmigo, todos los demás quedaron petrificados y expectantes.

El vaso siguió su loca carrera para pararse un instante en la «F».

En ese momento, sin dar tiempo a que ninguno de los presentes pudiese reaccionar, mi abuela cogió el vaso, lo llenó del aire de la noche, y dijo casi sin aliento:

—Gracias por haber estado con nosotros, *gipsy* —y sopló en el vaso, como siempre hacía al terminar una sesión.

Y así, nos quedamos todos pasmados.

Nunca jamás supimos qué narices había querido decir el espíritu de aquella noche.

—¡Flor! —dio un gritillo la tía Visi con un claro aire recriminatorio—. Tenías que haberle dejado terminar…

—¡Morirá F! —grité yo a la vez que mi tía hablaba—. ¿Qué «F»? ¿Quien es «F»? ¿Qué es «F»?

Mi abuelo Ricard estaba hundido en la silla. Fue mi tío Fidel quien lo sacó de su ensimismamiento.

—«F», vaya. Este espíritu ha ido a elegir una buena letra. Si hubiese continuado, ¿qué nos hubiese dicho?... ¿Morirá Fidel? ¡Ja! ¡Yo mismo! No tengo ni el más mínimo interés… ¿O serás tú, Flor?... —a mi tío le dio una especie de ataque de risa; cuando se le pasó pudo continuar—: En esta familia los únicos que os salváis sois tú, Ricard —señaló a mi abuelo—, o tú, mi querida esposa Visitación… Porque tenemos Fideles, Flores, Franciscos —al oír mi propio nombre se me pusieron los pelos de punta—. ¡Ah! Y no nos olvidemos del tío Federico…

—Ni de mi madre —me atreví a decir con un hilo de voz; porque ella se llamaba igual que su propia madre: Flor.

El silencio se abrió paso entre nosotros y se acomodó reinando en el salón.

—Todo esto no son más que tonterías —curiosamente fue mi abuela Flor la que habló con un tono de voz casi musical—. Los espíritus no conocen el futuro, ni pueden conocerlo... En todo caso, conocen el pasado porque lo leen en nuestra memoria... —dijo mientras enrollaba el tapete de la *ouija*—. ¡Hala! ¡Se acabó! ¿Quién quiere un Tía María?

Era costumbre tomar una copita por la noche después de la cena y mi abuela era devota del licor Tía María.

—Yo también, por favor —pidió su hermana Visi.

Mi abuelo Ricard se levantó.

—Yo necesito una copa, de verdad. ¿Ginebra con limón? —ofreció a Fidel.

—¡Por los «efes»! Claro que sí, más ginebra que limón hoy para mí.

—¿Una Coca-Cola, Fran?

Yo aún era menor de edad, aunque me quedase muy poco para dejar de serlo. Por mucho que supiesen que bebía alcohol de vez en cuando, no dejaban de recordarme que no debía hacerlo frente a ellos; nunca, hasta que fuese mayor de edad.

—...¿Con un poco de ginebra? —continuó para mi sorpresa Ricard.

Asentí con el asombro pintado en el rostro. ¡Por primera vez me consideraban un adulto!

—No te hagas ilusiones, Fran —me aclaró—. Hoy beberás a la salud de todos los «efes» de la casa. Me parece que nos lo merecemos después de esta sesión.

Mi abuela hizo un gesto de disgusto pero no dijo nada.

Después, todos, más silenciosos y circunspectos que de costumbre, salimos al porche de verano con nuestras bebidas. Hacía una noche sin nubes y las estrellas refulgían sin que la luz de una diminuta luna creciente les arrebatase su brillo.

Saboreé la especie de cubalibre que me habían preparado con mucha Coca-Cola y casi nada de ginebra, y me pregunté qué me depararía el verano que había comenzado con el anuncio de una muerte para alguien cuyo nombre comenzaba por «F».

II

El jardín estaba invadido por plantas silvestres y el camino de losas de piedra se abría igual que una antigua cicatriz entre una selvática vegetación de zarzas, hiedras y hierbajos.

Observé el solar en que se había convertido la parcela de nuestros vecinos, Montse y Joan. La nueva carretera atravesaría su terreno por completo y arrasaría también gran parte de la Casa del Árbol.

La puerta de madera que comunicaba nuestro jardín con el de los vecinos, la que yo atravesaba de niño para ir a jugar con Alba, estaba reseca y descolorida. La pintura marrón que mis abuelos repasaban cada año con cariño apenas era un resto pegajoso e inidentificable.

Anduve hacia las escaleras pensando en cuánto tiempo llevaría abandonada la Casa del Árbol. Subí los escalones y me quedé frente a la puerta principal observando un desconchón en la pared, justo en el lugar que había ocupado un azulejo que había hecho pintar Ricard cuando compraron la casa. Era blanco, tenía dibujado un árbol muy simple y unas filigranas que enmarcaban el nombre de «La Casa del Árbol». Me parecía estar viéndolo ahora mismo, pintado con letras azules y ese acento en la «A», tan distinto a los demás caracteres que mi abuela había pintado con Titanlux.

Era como si la estuviese escuchando…

—¡¡¿Es que nadie conoce la importancia de las tildes?!! ¡Caramba! Con acento en la «A». ¡Ni que fuese tan difícil!

—Da igual, Flor. Un acento más o menos…

—No, no da igual, Fidel… Las cosas son como son. ¡Y se le pone una tilde! El «árbol» lleva acento. Mira, el día que encontré esta casa, con el roble junto a la puerta..., no sé. Me vino a la cabeza el árbol en el que jugaba con Visi cuando era una cría, allá en Madrid, en Pozuelo, y…, no sé. Si no lleva el acento, es como si no fuese un árbol de verdad.

El espacio que había ocupado aquella pieza de cerámica que mi abuela había terminado de pintar con tanto cariño era ahora otra cicatriz visible junto a la puerta.

Imaginé al nuevo dueño de la casa, quitándolo a base de escoplo y martillo, sin imaginar los desvelos que había causado a mi abuela Flor, que se ponía enferma al ver una palabra sin el acento que le correspondía y sobre todo en su querido «árbol».

Empujé la puerta, pero no cedió. Estaba cerrada.

Me dirigí hacia el porche de verano.

Ya no estaban los muebles de mimbre, ni los cestillos colgantes con helechos ni pensamientos.

El aire me acarició de pronto.

Ahí es dónde se me había aparecido la abuela en el sueño.

Estaba sentada en una de las sillas de mimbre, en ese mismo porche; pero no en el que tenía delante de mí, abandonado y triste, sino en el que mi memoria recordaba: brillante con los colores y el sol del verano.

En el sueño ella me sonreía y llevaba puesta una camisa blanca con flores rojas y negras que yo asociaba con ella desde la infancia.

—Fran —me había llamado, y descubrí entonces todos los matices de su voz que mi consciente había olvidado—. Estoy esperándote en la Casa del Árbol.

Me sonrió y en su sonrisa descubrí un aire muy parecido al de mi madre, algo en lo que nunca me había fijado mientras vivía.

—Todavía te está esperando el tesoro. Ven a por él. Ven ahora —repitió con cierta urgencia, y con una dulce sonrisa aún pintada en su rostro clavó sus pupilas en las mías, y fue como si un incendio se propagase por mi cuerpo dormido.

Entonces desperté.

Eras las 03:33 de la madrugada.

Me sentí feliz porque durante unos instantes, los que duró ese extraño sueño, había vuelto a ver a mi abuela Flor tal y como era en vida. Yo ya había olvidado los matices de su voz, su sonrisa, su olor, y de pronto, ahí los tenía, conmigo, como si acabase de mantener una conversación con ella.

No le hubiese dado mayor importancia de no ser porque era ella: mi abuela Flor. La persona que contaba que los sueños te conectan con otras realidades, con los antepasados, con presencias, con almas de personas y de animales… La que creía que los sueños, las sesiones espiritistas y las prácticas de los chamanes eran instrumentos para comunicarse con otros niveles de la existencia. Ella era la que, mal que me pese, me había hecho dudar muchas veces de esta realidad que todos tomamos como inamovible.

Por esa razón, por mi abuela Flor, fue por lo que cuando amaneció, llamé al trabajo, les dije que estaba enfermo, y cogí el coche para volver a la Casa del Árbol.

Y por eso ahora estaba allí respirando su aire poblado de recuerdos, despidiéndome de la casa y buscando el tesoro que había perseguido aquel lejano último verano.

Una nueva ráfaga de aire me sacó de mis pensamientos.

La parte de atrás estaba incluso más descuidada. No podía distinguirse entre la maleza ni el lugar donde había estado el huerto de Ricard.

Intenté atisbar por los ventanales, pero no se veía nada. Entonces fui hacia la ventana de la cocina que comunicaba con el porche de invierno. La contemplé un momento y sonreí. Nadie la había cambiado.

Empujé por el lado del cierre que siempre había estado medio suelto y se abrió.

Como un intruso entré en la Casa del Árbol.

El tesoro de Sant Iscle

La tía Visi y el tío Fidel se marcharon a Llançà, y aunque entonces podía haber recuperado su dormitorio, preferí quedarme en la buhardilla. No era un lugar acondicionado para acoger a las visitas, pero a mí no me importaba que las paredes estuviesen sin enyesar, los ladrillos a la vista y que a veces se convirtiese en un cocedero cuando todo el día le había estado dando el sol. Y es que de noche, abría el ventanuco del tejado y, ¡tachán!, disfrutaba del mejor de los espectáculos: las estrellas del verano.

Después de la sesión espiritista los días empezaron a hacerse largos y aburridos. Me acostaba tarde, me levantaba a la hora de comer, echaba la siesta, veía la tele, si me apetecía, iba a la piscina, cogía la bici o paseaba hasta el pueblo a buscar más cómics. Y, por supuesto, veía más y más tele.

Al principio busqué a los que habían sido mis mejores amigos de la «pandilla», pero aún no había llegado ninguno, así que disfruté de aquellos primeros y tediosos días en solitario.

Después llegó mi tío Federico, el verdadero tío-tío.

Fede era el único hermano de mi madre, pasaba de los cuarenta años y era un soltero empedernido, refunfuñón y arisco, con el que nunca llegué a congeniar.

Casi me había olvidado de la sesión de mi abuela y de la misteriosa «F», hasta que, por casualidades del caprichoso destino, el mismo día en el que volvieron mis tíos Fidel y Visi, también llegó mi madre, que por fin había podido tomarse unos días de vacaciones.

Esa misma tarde me encontré a Alba, la vecina que mis abuelos querían convertir en mi novia, y a su prima, junto a la entrada de la casa.

—Hola, Alba —le dije.

Y cuando su prima se dio la vuelta, mis ojos se quedaron pegados sin remedio a la increíble chica que la acompañaba. Era morena, tenía una larga melena rizada, los ojos verdosos y estaba buenísima, aunque si he de describirla más elegantemente diré que tenía curvas, muchas curvas, y que las curvas estaban situadas exactamente allá donde debían estar. Ésta era sin duda la prima tan «mona» que me habían dicho mis abuelos. E indudablemente, se habían quedado cortos.

Era la primera vez que la veía y os aseguro que todavía recuerdo la impresión que me causó. Entonces estaba yo lejos de imaginar lo familiar que acabaría convirtiéndose en mi vida.

—Hola, Fran, ¿qué tal? —Alba me saludó con su voz ronca.

De pronto me parecía más mayor. No sé bien por qué.

—Bien. ¿Cuándo has llegado?

—Hace unos días, ¿y tú?

—Ya llevo aquí una semana. Hasta septiembre no regresaré a Barcelona.

Ella asintió como si le importase.

Ésta era nuestra típica y tópica conversación de cada año. Afortunadamente esta vez derivó hacia un nuevo e interesante tema.

—Ésta es Feli, mi prima.

¡Feli! ¡Con «F»!

No dejé que mi rostro reflejase la pequeña conmoción que me causó el recuerdo de la sesión de mi abuela y me acerqué a darle dos besos.

Olía muy bien.

—Hola, Feli.

—Hola, Fran —me dijo, y sus pestañas aletearon con la gracia de las mariposas.

—Feli es de Madrid —aclaró Alba.

Su prima sonrió mostrando dos hileras de dientes perfectos.

En ese momento mi abuela abrió la verja y se acercó a nosotros. Llevaba puesto un delantalito ridículo lleno de bolsillos que usaba cuando podaba las plantas del jardín.

—¡Hola, chicas! ¿Vendréis a la excursión? —les preguntó.

A mí me ignoró como si no le importase lo más mínimo.

—Puede... No sé... —contestó Alba.

—Animaos, lo pasaremos bien y veremos cosas interesantes. Sé, Alba, que a ti te gustan estos sitios...

Alba sonrió por toda respuesta y yo me mantuve al

margen de la conversación porque no tenía ni la más remota idea de lo que estaban hablando.

Las primas se escurrieron hacia su jardín tras unas cuantas palabras amables y entonces le pregunté a mi abuela Flor:

—¿Qué excursión?

—Tu abuelo y yo hemos preparado una excursión al castillo de Sant Iscle. Vendrán Montse y Joan, los vecinos, y también los tíos, tu madre..., bueno, y tú, y estas chicas tan simpáticas si es que os apetece.

«¡Si ellas van, yo me apunto!», estuve a punto de gritar. Pero me callé a tiempo.

Mis abuelos organizaban cada año alguna excursión «intelectual», como decían ellos. Íbamos la familia al completo, y muchas veces también se apuntaban Montse y Joan, los vecinos. Recuerdo ahora el año que estuvimos en Gerona, visitando en un solo día la catedral, los baños árabes, el *call* judío, y no sé cuántas más cosas, hasta que a mí se me salieron las piedras por las orejas.

Otro año estuvimos en el campo, buscando un dolmen camino de Sant Feliu de Guixols. Nos metimos por unos caminos de cabras en los que casi se nos queda varado el coche, después estuvimos caminando como tontos por sendas y prados. No encontramos nunca el dolmen, pero eso fue lo de menos; lo pasamos en grande. Llevamos bocadillos y comimos debajo de unos árboles con los pies metidos en un arroyo. Eso sí que fue divertido.

Este año se les había ocurrido visitar unas ruinas, las

del castillo de Sant Iscle, que estaban muy cerca pero a las que no era tan fácil llegar. Se podía ir en coche un trecho, pero la última parte del camino había que recorrerla andando.

Cuando Alba y Feli confirmaron que se apuntaban a la excursión, yo me animé a acompañarlos. Faltaría más.

Preparamos bocadillos y bebidas, y una mañana calurosa, mucho más tarde de lo previsto, salimos en tres coches hasta llegar al punto en el que tuvimos que aparcar y empezar a caminar.

Allí estábamos, con las pintas de los típicos excursionistas domingueros, mis abuelos, mi madre y yo por un lado; todos mis tíos, y finalmente los vecinos con Alba y Feli.

Ahora sí que estábamos al completo los veraneantes de la Casa del Árbol, incluyendo a todos los «efes»: mi abuela y mi madre Flor, el tío Fidel, el tío Federico, la impresionante Feli, y yo mismo, Fran, esperando a que una caprichosa espada de Damocles fuese a caer sobre alguna de nuestras cabezas.

—¡Ah! —inspiró mi tío Fidel—, esto sí que es aire puro, muchachos. Respirad y llenad los pulmones.

A mí me olía a estiércol, pero hay que reconocer que era un camino precioso. Atravesaba un viejo bosque de robles, encinas, pinos y alcornoques, y el sol apenas podía atravesar el denso follaje de los árboles.

Fidel se agachó para coger un palo. Retiró las pequeñas ramitas que crecían a lo largo de él y después se apoyó a modo de cayado.

—¿Para qué quieres ese palo? —le preguntó con una vocecilla que amenazaba tormenta Visi, su mujer.

Fidel no se molestó en contestar.

—Siempre está bien caminar con un bastón o un palo. Además sirve de protección por si nos encontramos algún animal —confraternizó Joan, el vecino.

Me quedé mirando el denso bosque que nos rodeaba. ¿De verdad viviría en él algún animal?, ¿tan cerca de la carretera?

—¿Y qué fieras salvajes pueden acecharnos en este bosque? —preguntó mi madre con ironía, expresando en voz alta mis pensamientos.

—Mujer, ¡nunca se sabe!... Jabalíes seguro —explicó Joan.

—A lo mejor, ciervos... —apostilló su mujer, Montse.

—Sí, claro, y caballos salvajes, leones y leopardos, ¡no te digo! Ni que esto fuese el zoo... —señaló con su simpatía natural mi tío Fede.

—¿Ah, no? Pues mira —Fidel señaló al suelo.

Junto a unas huellas de herraduras en el barro seco, se veía la marca de una especie de pezuña partida.

—¡Jabalíes! —exclamé.

—Bueno, también pueden ser cerdos... O ciervos... —Alba buscaba otras posibilidades.

—¡Leopardos! Seguro que son leopardos —terminó ironizando Federico para dar por acabado el tema de los animales salvajes de los que sin duda podríamos defendernos con el palo del tío Fidel y, quizás, con las puyas y las discusiones que nos traíamos entre todos.

El camino, flanqueado de helechos, seguía ascendiendo por una colina que íbamos rodeando y subiendo en una cómoda ascensión. Olía a la tierra recalentada por el sol del verano, pero también a bosque y a aire puro.

—¿Falta mucho? —preguntó Feli.

El silencio fue la única respuesta durante unos cuantos segundos.

—Pues la verdad es que no lo sé. No debe de estar muy lejos. Yo vine hace ya mucho tiempo y… no sé —confesó mi abuelo Ricard.

—¡A ver si va a pasar como el año del dolmen y nos volvemos a perder por las montañas! —mi tía Visi se encargaba de recordarnos los buenos momentos.

—No nos perdimos, simplemente no lo encontramos… —intervino el tío Fidel—. Y difícilmente nos vamos a perder aquí… ¡Si no hay más que un camino!

Como si el destino no tuviese otra cosa que hacer que dejar en ridículo a mi tío, el camino giró en una curva cerrada y se abrió en dos. Las dos sendas que ahora atravesaban el bosque estaban sin señalizar y ambas eran igual de anchas.

—¿Y bien? ¿Hacia dónde tiramos? —fue el tío Federico el que preguntó entonces.

—¿Qué camino os gusta más? Hum… ¿El de los helechos? ¿O quizás... el de los helechos y un pino?

—Éste parece que sube —Joan, el vecino, se atrevió a opinar—, ¿no? Y el castillo está arriba, en lo alto de una colina…

—¿Hay que subir esta colina? —volvió a preguntar Feli—. Estoy ya un poco cansada. Es que estas sandalias me hacen daño.

Llevaba unas sandalias rojas de tiras muy finas que acariciaban sus delicados tobillos.

—*Noia*, no es el calzado más adecuado para andar por los campos... Deberías haberte puesto unas «Bambas»...

—Unas deportivas, quiere decir. En Madrid no dicen «Bambas», abuela, dicen deportivas —le aclaró Alba.

—Anda que no sois raros ni nada los de Madrid —le dije yo por parecer gracioso.

—Pues Fran tiene al menos un veinticinco por ciento de madrileño —intervino mi abuela Flor—. Visi y yo nacimos en Madrid. ¿No lo sabías, Alba? Sólo que hace ya tantos años que vivimos aquí que...

—¿Cuántos años hace que vinisteis? —fue Alba la que preguntó.

—Uff, no se lo digas, hermanita... —la tía Visi puso cara de espía conspiradora—. Mira, monina, nos vinimos con diecisiete y veinte años... O sea que..., más o menos, hecha cuentas...

—Nos falta un dato en la ecuación: vuestra edad —dije yo haciéndome el listo.

—¿Y tú eres un caballero? ¿Uno que pregunta la edad a las damas? —la tía Visi mantenía su aire de Mata-Hari, con una sonrisa ladeada enmarcada por su siempre presente carmín.

—Bueno, pues lo calcularemos por aproximación, con un error de... ¡muchos años! —me salí por la tangente.

—Quédate mejor con la conclusión —aseveró Visi—. Hace la tira de años y ¡no se hable más!

—Hace tantos años que ya no decimos «Madriz» sino «Madrit» —le cortó mi abuela riendo.

—Yo no digo «Madriz» —murmuró Feli con un matiz de fastidio.

—Ni yo, «Madrit» —la tía Visi parecía ofendida de verdad.

Esta vez fue Alba la que se rió. Y sus abuelos Joan y Montse la acompañaron con una sonrisa.

Fue el tío Fede el que nos sacó de la conversación sobre dejes madrileños y catalanes y nos devolvió a la realidad.

—Que si cogemos el camino del pino o el otro...

Estábamos todos parados ante la disyuntiva, como si de aquella decisión idiota fuese a depender nuestra vida.

—El camino que sube —concluyó mi abuelo Ricard—. Hacia arriba, muchachos, ¡siempre adelante! —dijo con un tono jocoso que imitaba al de un general animando a la tropa.

Nos internamos en la senda que ascendía y parecía trepar por la colina. Dejamos el camino del pino atrás, y cuando apenas habíamos avanzado algunos pasos, Feli recuperó el tema que la había dejado preocupada.

—Yo no digo «ej que» ni «Madriz»...

—Yo siempre lo he pasado en grande en «Madrit» —dijo el tío Fede—. Me encanta.

Después la conversación derivó sobre los tópicos de si los catalanes éramos unos agarrados, de si los madrileños son muy extrovertidos, que si nosotros decimos «biquini» y ellos, «sándwich mixto», que si la «barra de pan» o la «pistola», los «cacahuetes» o los «panchitos», el Cacaolat o el batido de chocolate... Que si hay idiotas en todos lados, que si todos viajásemos, nos conoceríamos mejor y tendríamos menos manías... En fin, lo típico que se cuenta en cuanto se juntan unos madrileños y unos catalanes, y más aún cuando están mezclados en familia y se quieren y se odian a la vez.

Mientras tanto seguimos avanzando por el camino que parecía no tener fin, y que en un momento dado nos ofreció una preciosa vista del paisaje del valle: los campos amarillos y verdes estaban flanqueados por un bosque impenetrable que llegaba hasta donde se perdía nuestra visión.

—¿No es hermoso? —dijo mi abuela Flor—. Este paisaje inspira... Acompaña a la paz del espíritu.

Mi abuelo Ricard se acercó a ella, y con un inusual gesto de amor conyugal en una generación que por lo general ocultaba sus afectos, la abrazó.

—¡Muchachos! ¡Respirad este aire puro! —ya estaba mi tío Fidel otra vez con lo del aire puro.

Pero la verdad es que respiré a fondo, y por un momento me pareció que la brisa estaba cargada de cientos de olores procedentes del bosque, y que al inspirar, me cargaba de una energía limpia que me renovaba por dentro.

Continuamos ascendiendo y enseguida los que avanzaban en vanguardia, Federico y Ricard, dieron la voz de aviso.

—¡¡Hemos llegado!! ¡Ya está!

Yo casi ni me lo podía creer. Aún no era ni la hora

de comer y habíamos alcanzado nuestro destino. Ni nos habíamos perdido por los campos, ni estábamos agotados, y ¡sin ninguna baja en las filas! Tan sólo contábamos con un herido leve: Feli, que caminaba con la sandalia desabrochada y se quejaba ñoña y repetidamente de que le había rozado el talón.

Frente a nosotros apareció imponente una torre de la muralla. Hubo que traspasar lo que, en mi modesta opinión, podría haber sido el foso del castillo. Y digo castillo por decir algo, porque lo que quedaba de la antigua fortaleza eran unas ruinas en un estado bastante penoso.

La robusta muralla había resistido con cabezonería al paso del tiempo. Las rocas que la componían se habían revestido con los años de un color muy oscuro, casi negro, lo que le confería un aspecto amenazador. Una sola torre desafiaba al cielo como superviviente del paso de los siglos.

El lugar en su conjunto me recordaba una boca casi desdentada que clamaba orgullosa un pasado de gloria caballeresca.

Rodeamos los muros hasta encontrar, junto a los restos de la puerta, un hueco por el que pasar al interior del recinto.

—¡Vaya! ¡Es más grande de lo que recordaba! —exclamó con una alegría poco frecuente en él mi tío Fede.

—Pues yo lo encuentro muy pequeño —dijo Feli—. Esto… ¿Esto es un castillo?

—Mujer, hay que echarle un poco de imaginación. A ver, aquí tenemos una torre…

—¿Estudiaste muchos años de arqueología para llegar a esa brillante conclusión? —se mofó Federico.

—Y en aquella esquina hay otra —continuó mi abuelo Ricard sin hacer caso a su hijo—. Y bueno, todo aquel lado se ha derrumbado, pero allá quizás habría otra…

El tío Fidel, acompañado de su fiel palo «mataleopardos-o-cualquier-bestia-que-pueda-aparecer-en-el-bosque», saltó de roca en roca para acabar subido sobre un murete medio derruido.

—Aquí estaba la iglesia —nos señaló—. Se distingue aún parte del ábside —y saltó para atrás… ¡para desaparecer como por arte de magia!

—¡Fidel, por Dios! —le gritó Visi.

Todos nos precipitamos hacia allí.

Por un instante me vino a la cabeza la maldición de la «F» y me imaginé al tío caído como un pelele en medio de un charco de sangre.

La realidad resultó mucho menos dramática. Había saltado y estaba simplemente agachado, apoyado en su palo, contemplando unos restos de policromía que se conservaban casi a nivel del suelo, en el ábside.

—¡Fidel, por Dios! —repitió Visi—. ¡Vaya susto me has dado! Pensaba que te habías desnucado.

Salté el muro, o lo que quedaba de él, y me agaché junto a mi tío. Me sorprendió que el suelo estuviese tan bien conservado en aquella zona. Estaba construido con una especie de ladrillos muy toscos.

—¿Qué crees que es? —preguntó mi tío.

—Pintura roja… —aventuré.

—Son restos de policromía —puntualizó.

—O sea: pintura roja —susurró una voz detrás de mi oreja; Alba se había acercado sin que me diese cuenta—. Yo diría que es…, bueno, era, porque no se distingue un pimiento, una cenefa…, así como geométrica.

—Puede ser...

Alba tocó la pintura. Se notaba que le interesaban esas cosas. No sé por qué, me fijé entonces en sus manos finas y alargadas. Eran muy bonitas.

Los demás llegaron junto a nosotros y nos dedicamos un rato a triscar entre las piedras, subir por los muros y pisotear todos los restos.

Mi abuela deambulaba por el lugar como siempre hacía en las visitas «intelectuales» a las «piedras»: miraba al suelo con atención y a ratos se quedaba parada en un sitio como si olfatease el ambiente. De vez en cuando cabeceaba asintiendo.

—No me gusta este lugar —dijo—. Tiene malas vibraciones.

—Pues es precioso —replicó Alba.

Mi abuela Flor la miró como si no entendiese nada.

—Hija, bonito sí que es…, pero eso no quita que tenga malas vibraciones…

—Es que la abuela —aclaró mi madre— a veces «siente cosas».

Feli tardó un instante en recomponer su cara de pasmo.

—¿Eres vidente?

—No veo nada… Sólo... —mi abuela Flor nunca sabía explicarlo con claridad— siento que hay lugares… Mira, por ejemplo, ven aquí.

Feli se acercó.

—¿Aquí?

—Sí, mira, justo aquí —colocó a la pobre chica junto a una esquina de un muro—. ¿No sientes nada?

Feli negó con un gesto.

—Pues aquí, justo aquí, hay muy malas vibraciones. No me gusta este sitio —repitió.

—A veces ha sentido que la echan de un lugar —le aclaró mi madre como si estuviese acostumbrada a explicar las chifladuras de mi abuela.

Las preciosas cejas de Feli se alzaron en un microsegundo.

—No es que me echen, hija, es que no quieren que se les moleste.

—¿Quiénes? —preguntó Feli con un hilo de voz.

—No sé quiénes son. Espíritus, supongo, almas en pena. No lo sé, sólo los percibo…

—Es la Increíble Mujer de Avellano —intervino el tío Fede riéndose—. Yo creo que a mi madre lo que le pasa es que, como las varas de avellano, es capaz de sentir corrientes de agua, y ella lo interpreta como «malas vibraciones». Apostaría algo a que si excavásemos aquí, justo aquí, en esta esquina que dice, acabaríamos encontrando un pozo o una corriente subterránea…

—No es agua, hijo. Además no es sólo el avellano el que capta las corrientes, cualquier palo con…

Yo me acerqué a la esquina maldita y de verdad que, cuando la pisé, me sacudió un escalofrío.

—Pues yo no siento nada —dijo Feli.

—Yo tampoco —mentí.

—Todos los lugares —continuó explicando mi abuela Flor— conservan el espíritu de las personas que los habitaron. Si eran buena gente, si fueron felices, entonces el lugar está… —dudó hasta encontrar la palabra adecuada— limpio; pero si ocurrió algo terrible, queda vibrando en ese sitio un… aura de maldad, de terror, y aquí siento algo terrible.

—O sea que las casas guardan el espíritu de quienes las habitaron… —dijo Alba con una mirada de lo más escéptica.

—Más o menos, hija, más o menos… Ven tú aquí, a ver si sientes algo ahora…

Alba se acercó y se encogió de hombros.

—Pues no... Nada de nada —pero como si no acabase de quedar convencida se quedó un rato husmeando como un perrillo alrededor del rincón que mi abuela le señalaba.

Cuando nos cansamos de explorar todo el recinto, la tía Visi se sentó a la sombra de la muralla y nos recordó a gritos que ya era la hora de comer y que el campo siempre le abría el apetito.

Como una manada de hienas hambrientas nos acercamos hacia el murete derruido sobre el que se había sentado mi tía y sacamos la comida.

Devoramos los bocadillos antes de que Visi se quejase de que habíamos traído pocas bebidas.

—¡Con el calor que hace, nos moriremos de sed!

—Creo que sobreviviremos, cariño. Anda, toma mi cerveza y si tienes más sed, habrá que aguantarse.

—¿Quieres un bocadillo de anchoas? —le preguntó irónico Fede—. He oído decir que es lo mejor: la sal de las anchoas absorbe el agua y aunque tengas sensación de sed tu cuerpo mantiene mejor el líquido.

—Retención de líquidos. Fabuloso —dijo mi madre entre dientes.

—Anchoas. Vete a paseo, Fede…

Feli no tenía costumbre de sobrevivir a las puyas entrecruzadas de mi familia, e intentó cambiar de tema y resultar agradable.

—Me encanta el *pantumaca* este. Es un gran invento…

—Es *pa amb tomàquet* —le aclaró Alba—. A mí los bocadillos de Madrid me saben sosos, secos…

—A mí, de pequeña, me ponían margarina —explicó Feli.

—Yo tomaba pan con aceite y azúcar —dijo Joan.

—Pan, aceite, anchoas y tomate. Hum. El próximo día podríais preparar bocadillos de anchoas… —insistió Fede—. Bueno, va, ahora en serio, otra vez podríamos traer tortilla de patatas. ¿Qué os parece?

—¡Estupendo! Si haces tú las tortillas, claro —le espetó mi madre.

—La tortilla de patatas fría con anchoas está muy buena —terminó explicando la tía Visi.

Ocurrió cuando estábamos a punto de terminar y mi madre cuchicheaba con mi abuela algo apartada de los demás.

Mi abuelo Ricard parecía totalmente abstraído en sus pensamientos. Los demás mantenían una fascinante conversación sobre maquetas y barcos, y yo estaba intentando ser amable con Alba y sobre todo con Feli.

Mi tío Fidel, que estaba sentado junto a mí, se levantó de pronto, interrumpió sus explicaciones sobre goletas y carabelas, y a voz en grito, como hacía a veces, nos informó:

—¡Tengo que atender mis necesidades fisiológicas! La próstata, ya sabéis…

Me dejó el palo y lo cogí simplemente para juguetear con él y no tener las manos vacías.

Fidel avanzó una veintena de pasos y, ¡zas!, ¡sencillamente se lo tragó la tierra!

Tardé unos instantes en comprender que ahora sí que se había caído en algún sitio.

Oí un grito y me sorprendió darme cuenta de que era yo mismo quien había producido ese ridículo chillido tan agudo.

Me levanté y salí corriendo hacia el lugar en el que había desaparecido.

El suelo se había abierto a sus pies... Sólo después caí en la cuenta de que se había venido abajo algún tipo de estructura que permanecía oculta bajo la tierra.

—¿Estás bien? —grité a todo pulmón.

Mientras, todos se aproximaron al lugar.

—¡Ay! —fue la clara respuesta que me llegó.

—¿Estás bien? —repetí.

—Creo que sí…

Ahora podía ver que estaba en un agujero no muy grande, de un metro y medio de diámetro. Aquello parecía una cúpula o un horno. Estaba hecho de ladrillos de barro y había estado oculto por la tierra. Fidel debía de haber pisado justo donde la estructura era más débil y, ¡plas!, se había venido abajo.

Le alargué el brazo para ayudarlo a subir pero no tenía fuerzas suficientes.

—¡Ay, Dios mío! —se lamentaba como una plañidera mi tía Visi mientras daba vueltas alrededor del agujero como un perrillo.

El tío Fede, con una determinación que me sorprendió, se tiró al pozo para ayudar a salir a Fidel. Joan lo sujetó de un brazo, yo del otro, Fede lo empujó desde abajo, y así conseguimos sacarlo hacia fuera.

—¡Jo, qué golpe! —dijo sentado en el suelo, rebozado en polvo hasta las orejas—. ¡Vaya susto!

La tía Visi se abalanzó sobre él y entonces, en ese preciso momento, cuando le vi la cara, comprendí que se querían de verdad, que esos dos cascarrabias que se pasaban la vida tirándose los platos a la cabeza se amaban con la misma intensidad que dos jovencitos recién enamorados.

—¿Estás bien de verdad? —le preguntó ella con cariño.

—Creo que sí, creo que sí... ¡Jo! El fantasma del *gipsy* ese casi acierta y me mato en el agujero este…

El tío Fidel sólo se había llevado un buen susto. Se quejaba de dolor en una pierna y tenía golpes y arañazos por casi todos sitios, pero había descubierto algo oculto desde hacía siglos, ¡o decenios!, ¡o lustros! No teníamos ni idea.

En cuanto se nos pasó la impresión, empezamos a discutir si era un horno o una cúpula, si era medieval o del siglo XVIII, y si habría más alrededor. Ahí nos teníais a algunos saltando sobre el suelo como simios, para descubrir si sonaba a hueco o no.

También todos quisimos bajar a explorar el agujero. De uno en uno fuimos haciéndolo con cuidado. El suelo era de tierra y cuando me encontré dentro me pareció una tumba.

—¿Y no será una tumba? —sugerí.

—Para mí que es un horno de pan, de los antiguos. Tiene forma de horno de pan… —apostó Alba.

Mi abuelo Ricard fue el último en bajar. Cuando llegó su turno se entretuvo más de la cuenta en el agujero. Y cuando sacó la cabeza como un topo nos gritó:

—Chicos, ¡mirad lo que he encontrado!

Sus ojos brillaban con la misma emoción de la de un crío en la mañana de Reyes.

—Estaba medio enterrado. Allí —señaló un rincón—, debajo de esos ladrillos.

Con infinito cuidado nos enseñó una especie de paquete de piel curtida muy fina. Tenía un palmo por un palmo y estaba atado con un cordel que parecía que fuese a romperse si lo mirábamos muy fijamente. Y os lo aseguro: ¡lo estábamos mirando muy fijamente!

Ricard salió del agujero y mientras tanto yo sostuve el hallazgo.

—¿Lo abrimos? —pregunté.

Nadie contestó, pero observé a todos: la boca roja y abierta como la de un pez de la tía Visi; Fidel envuelto en arena como una croqueta levantando tanto el cuello que se podía ver la parte que había conseguido librarse del polvo; las miradas sedientas de Alba y Feli; los ojos codiciosos de Joan y Montse; la petrificada sorpresa de mi madre y el tío Fede; y la emoción brillante de mis abuelos.

Lo abrí.

Entre mis manos tenía un viejo pergamino; no era de papel, sino de una piel tan fina que casi lo parecía y que se había secado por algunos lugares. Aunque estaba muy sucio se podía distinguir un texto con letras de estilo antiguo pero que, la verdad, no había quien entendiese. También había un dibujo que parecía un rudimentario esquema.

—¿Qué es?

—¡Un mapa! —dijo alguien.

—¿Un mapa de un tesoro? —preguntó Feli con inocencia.

La codicia iluminó todas nuestras miradas a un mismo tiempo.

Y a partir de ese momento mi último verano en la Casa del Árbol no volvió a parecerse a ningún otro.

III

Me planté en la cocina de un salto. Olía a cerrado, a polvo y a un tiempo detenido y espeso.

Me costó reconocer que aquel espacio muerto era el mismo sitio que siempre había estado repleto de vida, de comida, fruta y cacharros entre los que reinaba mi abuela, dueña y señora absoluta del lugar.

Los mismos muebles de estilo rústico revestían la cocina, pero allá donde había estado el frigorífico destacaba un hueco, como el de un diente caído que nunca dejas de echar de menos, y todos los estantes se mostraban vacíos y cubiertos de telarañas.

Abrí la puerta que conducía al recibidor.

Las paredes estaban desnudas. Los anteriores dueños las habían pintado de amarillo chillón y el lugar me resultaba familiar y extraño a la vez. Recorrí con la mirada el espacio y mi memoria suplió el vacío con los detalles que recordaba tan bien como si aún decorasen la casa: un cuadrito de unas frutas allí, unos platos de cerámica de distintos tamaños decorando la columna… Si cerraba los ojos, podía ver cada uno de los objetos con que, con mejor o peor gusto, mis abuelos habían decorado el recibidor de la Casa del Árbol.

Me situé de espaldas a la puerta principal, como si hubiese entrado por ella.

Recordé el cuadro horrible que representaba una montaña y unos ciervos pastando que siempre había permanecido junto a la columna que daba entrada al salón.

El suelo de terrazo, rojizo y cubierto con una finísima capa de polvo, dibujó mis pasos para advertirme que estaba traspasando la frontera del tiempo.

Crucé la puerta. Entré en la sala.

Sin un solo mueble, se veía enorme y desangelada. No estaban las espantosas cortinas de flores que tanto había odiado cordialmente, ni la mesa y las sillas de pino.

El suelo de madera conservaba las huellas de los muebles que lo habían protegido de la luz durante años. Allá, al fondo, aparecía un recuadro de parquet nuevo, justo debajo de donde estuvo el tresillo en el que disfruté de tantas siestas.

Avancé unos pasos. Eché de menos aquella lámina de estilo antiguo que mostraba a unos exploradores victorianos en lo alto de una catarata, y la máscara veneciana, y el juego de cencerros... Todos esos motivos decorativos que permanecían vivos en mi memoria, y que ya habían desaparecido del mundo real.

Subí el escalón que delimitaba la zona del hogar, de la chimenea. Durante muchos años un barco del tío Fidel presidió el salón, encaramado sobre la repisa de madera que ahora estaba cubierta de polvo.

Me acerqué a la chimenea. Era de piedra y ladrillos, de un tamaño más que considerable. Bajo ella había un hueco grande destinado a guardar la leña.

Me agaché para observarlo. Estaba lleno de telarañas.

Nunca he sentido la misma manía de mi abuela por las arañas, pero eso no quiere decir que les tenga mucha simpatía a esos bichejos asquerosos. Hice de tripas corazón y metí la mano en el agujero. Para llegar al fondo tuve que estirarme mucho.

Mis pulmones respiraron el polvo del tiempo. El cosquilleo de las telarañas a lo largo del brazo me hizo estremecer.

Introduje más la mano y tanteé la pared del fondo hasta encontrarlo: un ladrillo que sobresalía ligeramente. Lo agarré y tiré con fuerza de él. Cayó al suelo y el sonido que produjo casi quedó amortiguado por la gran cantidad de pelusas y telarañas.

No era capaz de ver nada, pero con las yemas de los dedos recorrí la pared hasta que sentí un hueco que quedaba al descubierto.

Recordé a mi abuela cuando me contaba que en cierta época la mayoría de los armarios tenían un rincón secreto, un agujero en el que esconder joyas, papeles... Supongo que aquella costumbre debía de provenir de la época en la que no había cajas fuertes, cuando tampoco era común ser cliente de un banco y poseer una cuenta corriente.

Mi abuela me había enseñado mil veces el escondite de su armario, y también éste, el de la chimenea. «Si algún día nos pasa algo, ven y busca.» Me lo había dicho tantas veces, a mí, y a mi madre, que nunca nos lo habíamos tomado en serio.

Con precaución metí la mano en el agujero. Toqué algo.

El corazón me dio un vuelco.

Tiré de ello y resultó ser más grande de lo que pensaba. Era un paquete con forma cuadrada de poco más de un palmo de lado. Estaba envuelto en una vieja bolsa de plástico.

Era el tesoro que en el sueño mi abuela me había pedido que recogiera.

Con cuidado lo desenvolví.

Cuando descubrí su contenido, me reí a carcajadas.

El eco de mis risas resonó en la casa vacía. Su sonido atravesó todas y cada una de las habitaciones, y al hacerlo se disolvió el espíritu de soledad y abandono que se había apropiado del lugar.

Apreté el paquete contra mí. Ahora que lo tenía, ya podían derribar la casa.

Mi abuela lo había conseguido. Me había hecho regresar a la Casa del Árbol.

Y yo había encontrado mi tesoro.

El manto de la reina mora

El pergamino había resultado ser ilegible. Ninguno entendíamos nada de aquellas letrajas sucias y desvaídas que tan poco se parecían a las letras góticas con las que yo siempre había imaginado que escribían en la época medieval. Mi abuelo dijo que conocía a alguien experto en textos antiguos, un amigo suyo de Gerona. Y con la consigna de «Ni una palabra a nadie», que todos apoyamos como conspiradores profesionales, a Ricard se le ocurrió ir al pueblo, hacer una fotocopia y mandársela por fax a su amigo para que nos lo tradujera.

Yo pensé que a lo mejor la luz de la fotocopiadora se cargaba un legajo tan antiguo, pero me guardé muy mucho de decirlo. La curiosidad que sentía era mayor que cualquier respeto por la Historia, esa con mayúscula que tanto hay que respetar y por la que yo nunca me había interesado demasiado.

Así que abandonamos el castillo más que deprisa. Por el camino, Feli decidió quitarse la sandalia que le molestaba y terminó caminando descalza. Mi madre se resbaló con la tierra cuesta abajo y acabó rebozada en la arena y el polvo.

Todos bajamos con prisa pero en silencio. Un brillo iluminaba nuestras miradas y alimentaba unos sueños que en aquel momento éramos incapaces de compartir.

Ricard condujo directamente hasta la papelería del pueblo, y yo lo esperé afuera mordiéndome las uñas. Hizo fotocopias y mandó el fax a su amigo. Cuando regresamos a casa, todos nos estaban aguardando ansiosos en el salón.

He leído a veces la expresión esa de que «el ambiente podría haberse cortado con un cuchillo». ¡Vaya que si se podría! El silencio era denso como la gelatina. Al entrar en la sala nos sentimos asaeteados por unas miradas que destilaban desconfianza, y me descubrí a mí mismo hablando en susurros, ¡como si alguien ajeno a nuestra excursión pudiese escucharnos!

Nos comprometimos de nuevo a no decir nada a nadie y todos permanecimos tan serios y silenciosos que hasta Visi y Fidel parecían una pareja bien avenida, de esas que después de los años llegan a tal nivel de complicidad y comprensión que no necesitan hablarse para entenderse.

Al día siguiente mi abuelo nos dijo que el experto lo había llamado para dictarle la traducción. Así que nos volvimos a reunir en la Casa del Árbol. Nos amontonamos en el salón y se hubiese podido oír el zumbido de una mosca si no fuese porque cualquiera de ellas que osase aventurarse por las proximidades caería en las numerosas trampas que mi abuela les tenía preparadas.

Ricard se puso las gafas, miró a la concurrencia y muy serio nos recitó:

El manto de la reina mora tiene cuatro esquinas,
Iscle, Vidreres, Llagostera y Seclina,
cuatro caballeros cercan a la reina,
los cuatro la buscan, los cuatro la quieren,
cada uno tira de un borde del manto,
pero el tesoro la reina lo guarda para su amado,
la reina mora lucha contra ellos
y huye hacia los bosques
y oculta el tesoro bajo su cálido manto,
pasando el arco del monte pelado,
por el camino del rojo azulejo,
más allá del vértigo dulce y la extraña locura,
sube hasta arriba y bajo las aguas,
en lo más profundo del fuego del infierno,
se oculta el tesoro de la reina mora.

Mi abuelo se quitó las gafas con gesto teatral y todos quedamos impregnados por un silencio tan pesado e incómodo como un abrigo empapado en una tarde de lluvia.

—Mi amigo dice que es la traducción más aproximada. Me ha explicado que entonces no usaban signos de puntuación como hoy y él ha preferido dejarlo todo así, seguido y separado por comas.

Fue la tía Visi la primera en hablar:

—Para mí que es una canción. Parece una cancioncilla antigua que nos cuenta..., a ver, que a una reina mora la quieren violar cuatro caballeros, pero ella está enamorada de algún otro y guarda su más preciado tesoro, vaya, su virginidad —dijo bajando la voz como quien dice una barbaridad—, para su verdadero amado.

—Ya, y guarda su virginidad debajo de no sé dónde y no sé qué... —el tío Fede acababa con cualquier hipótesis romántica.

—Yo creo que habla de un tesoro de verdad... Pero han disfrazado las instrucciones como si fuese un cantar, una canción. Yo diría que es una especie de juego... —mi abuela Flor parecía muy convencida al decirlo.

—Mi amigo dice que estaba escrito en catalán, un catalán muy arcaico que por ciertos giros puede situar alrededor del siglo XIV. Me preguntó que de dónde lo había sacado, pero..., bueno, le dije que ya se lo explicaría cuando nos viésemos. No pienso hacerlo, claro.

Mi tío Fede se levantó animado por la energía de un ciclón.

—Voy a buscar un mapa —fue tan rápido que su voz nos llegó cuando ya había salido por la puerta.

Debió de ir a su coche en busca de un plano de carreteras.

Sorprendentemente fue mi abuela Flor quien se lo quitó de las manos y buscó con cara de entendida la página en la que nos encontrábamos. Como mucha gente mayor, en vez de acercarse el mapa a la cara, lo mantenía lo más alejado posible de ella para observarlo con claridad.

—¡Aquí está! —señaló con aire triunfante, con la misma cara de alegría que ponía cuando terminaba con una mosca, una avispa o una araña que intentaba colarse en casa—. Veamos… Ricard, léeme el poema, lo de las cuatro esquinas...

Ricard se puso de nuevo las gafas.

—Hum... «El manto de la reina mora tiene cuatro esquinas, Iscle, Vidreres, Llagostera y Seclina»…

—Bueno, Vidreres está aquí. Y Llagostera aquí. El castillo de Sant Iscle no viene en este mapa, pero debe de estar por aquí —aporreó con energía el mapa—, y Seclina…

—Es Ceclina —Feli pronunció esa «c» con toda la fuerza de una «c» como la de «cenicero»—, lo he visto en un cartel de la carretera.

—Nosotros lo pronunciamos casi como una «s» —le aclaró Ricard —, y en la Edad Media, eso sí que lo sé, lo que son esas cuatro casas que ahora hay en Santa Ceclina era toda una aldea que se llamaba Santa Seclina. Lo leí en algún sitio hace mucho…

Me quedé patidifuso. Santa Ceclina apenas era hoy en día un puñado de casas, una birriosa parte de la urbanización. Me costaba trabajo imaginar que un pueblo entero hubiese desaparecido bajo el peso de los siglos sin dejar rastro. ¡Yo qué sé! Siempre quedaba una iglesia al menos, o algunas piedras, o... ¡algo! Pero Santa Ceclina era una urbanización diminuta cuyas calles ni siquiera estaban pavimentadas.

—Pues ya tenemos delimitado el terreno… —la abuela Flor puso el mapa ante nosotros y señaló con el dedo el diminuto rectángulo que configuraban esos cuatro puntos.

Todos nos acercamos a mirarlo y mi madre y Visi se dieron un cabezazo.

—¡Ouch!

—¿Cómo sigue luego? —preguntó mi tío Federico a Ricard.

—«Cuatro caballeros cercan a la reina, los cuatro la buscan, los cuatro la quieren, cada uno tira de un borde del manto, pero el tesoro la reina lo guarda para su amado» —recitó mi abuelo.

—En mi opinión —mi abuela había tomado la iniciativa en cuanto a interpretaciones del texto se trataba—, esta parte va en serio. Quiero decir que lo mismo sí que en efecto hubo una reina mora y quería esconder un tesoro, puede ser que hubiese cuatro caballeros que la acosaron…

—Es posible que fuesen cuatro señores de cada uno de esos lugares... Que hubiesen unido sus fuerzas, no sé, sus hombres, para derrotar a los moros y entonces... —Alba también se animó a lanzar hipótesis al aire.

—Pero a ver —le interrumpió Feli poniendo unos ojillos en los que asomó por un momento una inteligencia que yo admiré en ella—, ¿hubo de verdad por aquí princesas moras? Deberíamos investigar si las hubo realmente o no.

—Que yo sepa —quise dármelas de intelectual—, se supone que excepto en Asturias y el País Vasco, toda la península ibérica estuvo dominada por los árabes... Hasta…, esto…, hasta los Reyes Católicos, ¿no?

—Entonces… las fechas sí que cuadran. Si tu amigo —dijo Alba dirigiéndose a mi abuelo Ricard— te ha dicho que el lenguaje era del siglo XIV, o sea del mil trescientos y pico, y si la última derrota de los árabes fue a finales del siglo XV, no es una burrada suponer que cuando estaban los cristianos batallando contra los musulmanes por esta zona bien pudo ser en el mil trescientos y pico.

Mi abuelo Ricard sonrió al oírla, tan orgulloso como si hubiese sido su propia nieta la que razonase con esa claridad.

—Hay muchas leyendas de tesoros escondidos por los árabes en toda España —dijo mi abuela— e imagino que es lógico esconder lo que no puedes llevarte, pensando que quizás algún día podrás recuperarlo…

—Bueno, ahí tienes tú las historias de tantos Cristos, Vírgenes e imágenes, encontrados en cuevas, en el campo, en los ríos… A veces he pensado que precisamente provenían de algo así… —dijo Joan, el vecino.

—Papá —Fede volvió a llevarnos a la realidad del poema—, ¿cómo sigue luego? Léelo otra vez, por favor.

Ricard buscó el punto a partir del cual leer:

—«La reina mora lucha contra ellos y huye hacia los bosques y oculta el tesoro bajo su cálido manto, pasando el arco del monte pelado, por el camino del rojo azulejo, más allá del vértigo dulce y la extraña locura…»

—¡Para, para, que me pierdo!... A ver, que si lucha, que si huye… Pero la clave está en lo del arco —señaló mi abuela con buen tino.

—Dice «pasando el arco del monte pelado» —repitió Ricard.

—¡Ésa es la clave! Si sabemos qué arco es ése, podremos seguir el resto de las pistas... —resumió mi tío Fede.

—En el castillo de Sant Iscle había un arco. El de la puerta principal... Yo empezaría a buscar por ahí. Quizás todo empieza allí: en Sant Iscle. Allí donde encontramos el pergamino, allí donde se supone que lo escondieron. Ése debe de ser el punto de partida —sentenció mi abuelo.

Mi abuela se escurrió hacia la cocina y nos pidió a Feli, Alba y a mí que le ayudásemos a preparar unas patatas, aceitunas y otras cosillas para picar. Cuando estábamos los cuatro abriendo bolsas, latas y sacando vasos y platos, mi abuela nos dijo con aire conspirador:

—Chicos, hagamos una cosa. Vosotros sois jóvenes y tenéis más energías que cualquiera de nosotros. ¿Por qué no cogéis las bicis y volvéis al castillo? Echad un vistazo al arco, ¡a todo! Ahora que sabemos lo que dice el pergamino, quizás veáis algo que a nosotros en su momento no nos llamó la atención.

Nos miramos los tres un instante, como dudando, pero la verdad es que estábamos deseando regresar allí.

—Si queréis —continuó mi abuela—, os preparo ahora mismo unos bocadillos y así os los podéis llevar. Coged algún refresco…

—¿A ti te apetece ir? —me preguntó con ojos de cordero degollado Feli.

—¡Pues claro!

Alba sonrió.

—¿Cuánto se puede tardar en bici? —preguntó ella.

—Una hora o así. Hay un camino por el bosque.

Luego, al final, tendremos que ir andando —contesté.

—¡Qué ganas tengo de sacarme de una vez el carné de conducir! —Feli nos había contado que estaba estudiando para aprobar el examen teórico después del verano.

—Fran —dijo Alba—, hagamos una cosa, copia el poema mientras vamos a por las bicis.

Y así, de una manera tan tonta, nos encontramos Alba, Feli y yo pedaleando por el camino que atravesaba el bosque, a la búsqueda de un tesoro.

La ruta dejaba atrás la urbanización para internarse en el bosque. Yo no lo recordaba tan bonito. O a lo mejor es que nunca me había fijado bien. Era una senda estrecha de arena, rodeada de árboles, y plagada de baches formados por las raíces que invadían el camino. A veces se abría un claro a algún campo de labranza. Pasamos junto a tres masías. Pero la estampa bucólica y campestre se rompía cada vez que perros bien enseñados para vigilar, o muertos de hambre, vete a saber, se dedicaban a ladrarnos de una forma muy poco amigable.

Hacía bastante tiempo que yo no me internaba por aquel camino con la bicicleta, pero no tenía pérdida; era una senda que moría en la carretera que llevaba al castillo.

Cuando tuvimos que desmontar porque ya era imposible avanzar por las cuestas que anunciaban la proximidad de la colina sobre la que se levantaba el castillo de Sant Iscle, Feli se desmarcó con unos comentarios de admiración.

—Alba, no me habías dicho lo bonito que es esto. No

me lo hubiese imaginado nunca. Es tan…, tan verde.

—Es un bosque muy viejo, de robles… Mira —le dijo señalando un árbol—. ¿Sabéis cuánto puede tardar en crecer un roble como éste?

Yo tampoco tenía ni idea.

—Pues más de cien años… Quizás doscientos.

—A lo mejor, alguno de estos árboles ya estaba aquí cuando la reina mora ocultó su tesoro.

—Eso sí que lo dudo mucho, son demasiados años... Bueno, a lo mejor hay alguno. Tendría que ser uno muy gordo…

Ascendíamos empujando las bicis, hablando de trivialidades y observando si encontrábamos algún árbol grueso que pudiese tener más de quinientos años.

El trayecto se me hizo muy corto. Estaba muy entretenido contemplando la silueta de Feli delante de mí —observad lo fino que he sido, que he dicho silueta, ¿eh?—, pensando en todo lo que haría si encontrase un tesoro y, al mismo tiempo, intentando mantener una conversación coherente con las chicas.

Cuando llegamos a Sant Iscle tuvimos que dejar las bicicletas para atravesar lo que yo seguía pensando que era el antiguo foso.

Todo me parecía igual. Allí estaba la torre desafiando al tiempo, las murallas negras, los muretes casi derruidos… Nos dirigimos hacia la puerta de la muralla, al arco de medio punto que se había mantenido en pie a pesar del paso de los siglos.

—El arco de… ¿Cómo es, Fran?

Saqué el papel del bolsillo.

—«El arco del monte pelado» —leí.

—No se puede decir que el monte esté muy pelado…

Lo cierto era que el bosque y una vegetación espesa rodeaban tanto el castillo como el monte sobre el que se encontraba.

—¿Quién sabe? Puede que hace cinco siglos esto estuviese pelado —aventuró Alba.

—Puede que incluso hubiese más puertas y más arcos, y éste no fuese el único. Yo una vez estuve en Ávila y recuerdo que en las murallas había varias puertas…

—Sí, chica, pero no es lo mismo la muralla de una ciudad, que la de un castillo. Además, no sé, supongo que la puerta es el punto débil de la muralla. Si llenas la muralla de puertas, estás abriendo posibles caminos al enemigo. Yo, desde luego, no haría más que una puerta si es que construyese un castillo.

Mientras hablábamos dábamos vueltas alrededor de lo que quedaba de la puerta y del arco. Yo me fijaba en las rocas que lo componían, intentando buscar alguna marca, algún dibujo tallado en ellas que nos diese la pista del «monte pelado».

El arco estaba muy bien conservado. Alba estudiaba atentamente esa zona interior, donde no era difícil imaginar el lugar en el que habría estado insertada una gruesa puerta de madera. Yo me centraba en la parte exterior.

—El arco del monte pelado —repetía Alba—, el monte pelado... ¿Qué monte pelado?

Estuvimos así casi diez minutos, pasando por

debajo, examinando cada una de las piedras que lo componían…, hasta que, aburridos, decidimos dejarlo y nos sentamos a la sombra sobre unas rocas.

—¿Qué hay de esos bocadillos?

Alba los sacó de la mochila y nos los repartió. Yo llevaba las bebidas, que ya estaban casi calientes.

—Dicen que lo mejor para descubrir algo es precisamente no pensar en ello.

—¡Vaya tontería!

—No es tan absurdo. Se supone, o eso dicen, que a tu cerebro ya le has proporcionado las pistas, y que entonces, cuando estás más relajado, el cerebro sigue pensando en el problema, por su cuenta, como quien dice... De ahí vienen todas esas historias de inventores que solucionaron problemas complicados mientras dormían, o después de echarse una siesta.

—Si no hubiese tantos bichos aquí, os aseguro que me echaba una siesta.

Yo las escuchaba, pero seguía pensando en «el monte pelado». Miraba el arco, lo remiraba y de pronto… ¡lo vi!

Casi me atraganté con el bocadillo a medio masticar en la boca.

—¡¡El mfonte fpfelado!! —farfullé.

—¡¿Qué?!

—¡¡El monte pelado!! —pude pronunciar después de haberme tragado todo—. Lo veo, ¡allí!

El arco encuadraba el paisaje que quedaba más allá. Porque nos habíamos centrado en buscar en el arco en sí, y ahora, desde la distancia, veía que lo interesante estaba más allá, en la lejanía.

Me levanté imaginando por dónde iría el camino que llevaba a la puerta, pensando en el recorrido que harían los que saliesen del castillo. Me paré a unos pocos metros del arco.

—El monte pelado —les anuncié, señalando más allá del muro con el bocadillo.

Ellas dos me habían seguido y contemplaron, tras el arco, el paisaje dominado por un monte.

—Hombre, muy pelado no se puede decir que esté... —señaló Feli.

—Está medio pelado más bien.

—Bueno, no se trata de cómo está ahora. Probablemente hace cinco siglos estaba pelado del todo, ¿no? —les dije.

El monte, enmarcado por el arco, estaba cubierto de vegetación, pero la cima estaba desnuda, pelada.

—Puede ser eso, ¿no? —les dije procurando cubrir mi voz de un convencimiento que estaba lejos de sentir.

—Desde luego es la mejor pista que tenemos. Un monte, al menos... Detrás de un arco. Y sí, bueno, podemos partir de la hipótesis de que estaba pelado hace cinco siglos o más —me apoyó Alba.

Nos quedamos en silencio, sopesando las posibilidades de estar siguiendo una pista correcta.

—Y ahora... ¿qué?, ¿qué más sigue?

Busqué mi chuletilla.

—«Por el camino del rojo azulejo, más allá del vértigo dulce y la extraña locura»...

—«El camino del rojo azulejo»... —repitió Alba.

—Bueno, el arco era la puerta de entrada y salida

del castillo, ¿no? Y si salías del castillo, pues irías por un camino…

Ante nosotros se encontraba una densa vegetación. Si en algún momento, hace siglos, allí había habido un camino, ahora estaba más que engullido por la naturaleza.

—¡Busquemos el camino! —anuncié emocionado.

—Tendremos que dejar las bicis.

—¿Y no se las llevará alguien? —dudó Feli.

—¿Quién va a subir hasta aquí?

—¡Venga, vamos! Estoy pensando que lo más lógico es que ese camino llevase hasta Vidreres, ¿no? Es el pueblo más cercano y seguro que en la Edad Media ya estaba allí. O sea que el camino salía de aquí mismo —pisé con fuerza el suelo bajo los pies— y podemos suponer que llevaba a Vidreres, o sea que más o menos iría así —hice un gesto con las manos de una línea recta.

—Fijaos —señaló Feli—, hay una senda… No es un camino, pero podemos probar por ahí…

En efecto, entre la tupida vegetación asomaba una senda estrecha que parecía no estar completamente abandonada, como si alguien la usase de vez en cuando impidiendo que la naturaleza se adueñara de todo.

—*Follow, follow, follow… the yellow brick road...* —canturreó Alba—. ¿Sabéis qué me recuerda esto? *¡El Mago de Oz!* —y ante los gestos inexpresivos de Feli y míos, se vio obligada a explicarnos—: Es una película muy antigua que veía de pequeña, y la protagonista tiene que seguir un camino de baldosas amarillas. ¡Sí, venga! No me digáis que no la conocéis, la del hombre de hojalata, el león cobarde, el espantapájaros…

—Pues no caigo…

A mí me sonaba ligeramente, pero no tenía ni idea.

—¡Menudos compañeros me ha tocado para ir a buscar un tesoro! Anda, espabilemos, a ver si encontramos algo que nos recuerde a… ¿qué?, ¿unos azulejos rojos?

—«El camino del rojo azulejo», dice exactamente.

—O sea que puede ser un camino de azulejos rojos, o de uno solo…

—Lo mismo era un azulejo que estaba en medio del camino… —apuntó Feli.

Sin dejar de charlar, íbamos avanzando entre el bosque. Yo no hacía más que mirar a los lados, intentando buscar los restos de un viejo camino, algo, ¡cualquier cosa!, que me recordase a unos azulejos rojos. Sin embargo, lo único que veía eran robles, alcornoques, acacias, un montón de zarzas y otras plantas a las que era incapaz de poner nombre y que me arañaban los brazos y las piernas.

Al principio fue fácil seguir el sendero, pero después empezó a bajar la colina. Había mucha arena y se volvió muy resbaladiza.

—¡Me la voy a pegar! —anunció Feli.

—No, mujer, no. Agárrate a mí.

—Que me la voy a pegar…

—Como pienses tanto que te la vas a pegar, te acabarás cayendo. Verás… —le reprendió su prima.

Y en efecto, dicho y hecho: Feli resbaló, intentó agarrarse a mí pero no pudo, y la vi caer, deslizándose a mi lado, como si bajase por un tobogán.

Pasó todo demasiado rápido como para poder reaccionar.

Lo único que sé es que de pronto ella estaba unos metros más abajo, quejándose y con las piernas llenas de arañazos.

—¿Estás bien? —le gritó Alba preocupada.

—¡Mierda! Creo que me he hecho algo…

Bajamos hasta ella. Feli ya se estaba intentando poner en pie.

—Me he torcido un tobillo… ¡¡¡Me duele!!! —gritó con voz aguda.

—Déjame ver... —Alba echó un vistazo a su pierna.

—¿Sabes algo de primeros auxilios? —le pregunté admirado.

Se volvió hacia mí y, sin que Feli viese su cara, me hizo un gesto claro: no tenía ni idea.

—¿Puedes andar? —le preguntó mientras le ofrecía el brazo para apoyarse en ella.

Feli intentó dar unos pasos.

—Andar... ¡Claro que puedo andar! —exclamó malhumorada—. Pero cada vez que apoyo este pie, veo las estrellas…

Alba y yo nos quedamos mirándonos desconsolados.

Podíamos tomar dos caminos: arriba la senda de arena resbaladiza, empinada como ella sola. Abajo, la misma senda igual de resbaladiza, igual de empinada.

Con Feli herida no podíamos avanzar en ninguna dirección.

—¡Mierda! —murmuró entre dientes Alba.

Miré a Feli, que parecía enfadada pero al mismo tiempo más desvalida que nunca.

—No puedo andar mucho así, os lo aseguro... —y por un momento creí que se iba a echar a llorar.

El bosque se extendía en todas direcciones como una densa trampa en la que habíamos caído tres inútiles e insignificantes moscas. La vegetación impedía ver claramente en qué punto nos encontrábamos de la colina, pero yo me imaginaba que ya debíamos haber descendido más de la mitad del recorrido.

Hay que tener en cuenta que por aquel entonces no había móviles; bueno, mejor dicho, sí que los había, pero eran unos cacharros enormes y carísimos que sólo tenían los grandes potentados. ¡Con lo fácil que hubiese sido ahora hacer una simple llamada! Siempre que hubiese cobertura, claro, que ahí en medio del bosque, pues ¡vete tú a saber!

—Hagamos una cosa —me animé yo solo en un alarde de heroicidad—: voy yo a buscar ayuda, lo más rápido que pueda. Esperadme vosotras aquí.

Lo había decidido en un momento. Uno solo iría más rápido. Podría avisar a mis abuelos. Podría venir una ambulancia, ¡lo que fuese! Siempre había corrido bastante. Ya no era el mismo chaval que había corrido en el equipo de atletismo del colegio, pero seguía teniendo unas buenas piernas. Además quedaba bastante tiempo hasta que se hiciese de noche. ¡Podía hacerlo!

Me recorrió una descarga de adrenalina animado por los deseos de aparecer como un héroe delante de Feli.

—¡Esperadme! ¡Vuelvo enseguida! —bramé convencido.

Hice un gesto de iniciar la subida y nada más dar un primer paso sobre la resbaladiza gravilla, Alba tiró de mí frenándome suavemente.

—Fran —murmuró ella—, si vuelves arriba a por la bici, buf, tienes que subir al castillo, recoger la bici y pedalear todo el camino hasta la urbanización... Tardarás un montón... Mira —señaló hacia delante—, la carretera tiene que estar ahí al lado. Si consigues bajar y «haces dedo», llegarás enseguida. Volver por donde hemos venido no es… la mejor opción.

Me quedé mirando sus ojos oscuros. Tenía toda la razón.

—Anda, ve —me dijo sonriente—. Y ten cuidado. Ten cuidado —repitió.

Me sonó a preocupación sincera por mí. Eso me insufló de nuevos aires heroicos. Les prometí, con la mano en el pecho, como un caballero, que volvería enseguida.

Comencé el descenso despacio y sólo cuando la senda dejó de ser peligrosa, corrí. David luchó contra Goliath, Luke Skywalker contra Darth Vader, Harry Potter contra Lord Voldemort y yo luché contra crueles zarzales, piedras resbaladizas, raíces de árboles, desniveles capaces de sorprender al más hábil de los tobillos y sobre todo... contra el calor. Un calor húmedo y asfixiante del atardecer que me dejó hecho una sopa. Llegó un momento en el que sentí que si continuaba corriendo se me acabaría saliendo el corazón por la boca, así que continué avanzando a un ritmo mucho más llevadero.

La verdad es que sólo pensaba en llegar cuanto antes a la carretera, en lo que diría al conductor del coche que me parase —suponiendo que alguno lo hiciese— y sobre todo en el beso y el abrazo que Feli me daría cuando llegase ante ella con la ayuda que necesitaba.

Mi imaginación se regodeaba en los detalles del beso y el abrazo, que —con mucho— era lo más emocionante del asunto y además me daba fuerzas para seguir adelante.

Y estaba yo perdido entre los vericuetos de mi imaginación, cuando después de unos quince minutos, y ya lleno de arañazos, sudado y básicamente hecho un asco, descubrí que la senda moría en un camino más amplio.

Me paré en seco, porque incluso un zoquete como yo fue capaz de darse cuenta de que la tierra de pronto había cambiado. La arena del monte, la tierra oscura del bosque, se había convertido en una arcilla rojiza. Y más que rojiza: roja. Roja como un ladrillo antiguo.

Y me vino a la cabeza lo del «camino del rojo azulejo». Porque azulejos, hombre, no había ni uno, pero el camino, más que rojo, se había vuelto ¡rojísimo!

El descubrimiento me dio alas para continuar corriendo.

Al cabo de unos cinco minutos encontré una masía que quedaba cerca del camino y se me ocurrió que mucho mejor que llegar hasta la carretera en busca de una hipotética alma caritativa que me llevase hasta la urbanización sería encontrar otra alma caritativa más cerca que me permitiese llamar por teléfono a mis abuelos.

Por tanto, me dirigí a la masía y antes de llegar el ladrido de los perros alertó a los dueños de que algún extraño se estaba acercando.

Yo nunca he sido muy amigo de los perros y no me hacía ninguna gracia enfrentarme a unos animales que seguro que sabían cuidar de su casa y de su terreno mucho mejor de lo que yo sabría defenderme de ellos. Así que me alivió comprobar que una mujer que estaba faenando en el campo me veía y, antes de que los chuchos se enfrentasen a la duda existencial de si yo era amigo o enemigo, ella se aproximó hacia mí.

En cuanto la vi, aceleré el paso y supongo que mi cara de apuro y mi aspecto de agotado fueron suficientemente expresivos, porque fue ella la que echó a correr hacia mí.

—Pero, *noi*, ¿qué te ha pasado?

El resuello no me permitía hablar todo lo claro que quería, así que entrecortadamente le pedí que me dejase llamar por teléfono, y le expliqué que venía del castillo, que una amiga se había caído, que se había hecho daño, que quería avisar para que nos recogiesen… Lo debí de contar de forma bastante confusa, pero la cuestión es que ella me entendió y me ofreció amablemente entrar en su casa para llamar.

Dentro de la vivienda me encontré con un teléfono que de golpe y porrazo me transportó a la infancia. Era un armatoste negro, colgado en la pared, y estoy seguro que un anticuario se hubiese sentido feliz por descubrir una pieza semejante. Al marcar en el dial los números, porque aquel cacharro no tenía teclas, el disco sonaba así como «ratatatatá», con un sonido que permanecía escondido en lo más profundo de la memoria y que me evocaba al de una metralleta que disparase a cámara lenta.

Fue mi madre la que descolgó el teléfono y entonces grité sin contemplaciones:

—¡¡Feli se la ha pegado y se ha torcido el tobillo!! Estoy en una masía junto a la carretera. ¡Tenéis que venir corriendo!

Mi madre, claro está, no entendió nada a la primera, y tuve que repetirle más despacio toda la historia.

—...Estábamos bajando el monte y ella resbaló, y yo creo que se ha hecho un esguince... Tenéis que venir a ayudarnos... Sí, sí que puede andar, pero le duele... Bueno, da la sensación de que le duele de verdad... No, tampoco parece tan grave...

Le propuse que viniese en coche, por la carretera, y le describí la masía en la que estaba, para que pudiesen llegar a ella. Mi madre me aseguró que vendrían enseguida.

Durante la espera, la buena mujer de la masía me ofreció algo de beber y me dio conversación. Cuando empecé a contestarle fue sólo por educación; no sentía ningún interés por lo que me estaba contando, pero cuando me quise dar cuenta estaba totalmente concentrado en lo que me decía, porque fue ella la que acabó proporcionándome una pista sobre «el camino del rojo azulejo».

—¿Habéis estado en el castillo entonces? ¿Es que os gusta la arqueología?

No le iba a contar que estábamos buscando un tesoro, en lo que además lo mismo eran sus propias tierras.

—Pues sí... Bueno, somos simples aficionados. No entendemos mucho, pero nos gusta hacer excursiones para ver ruinas históricas y... esas cosas —no sé yo si resultaría muy convincente.

—En esta zona tenéis entonces mucho para ver... No muy lejos está el castillo de Sant Maurici; también hay trincheras de la Guerra Civil; y aquí mismo, a menos de cinco minutos, hay restos de una *bòbila* muy antigua.

¡¡Una *bòbila*!! En el cerebro se me encendió una lucecita: *bòbila,* en catalán, es un sitio donde se fabrican ladrillos. Una tejería, un tejar, un ladrillar. Ladrillos, tejas... ¡Después de todo, un ladrillo y un azulejo son algo similar!...Y más cuando Ricard había mencionado que su amigo había hecho una traducción aproximada, y que el catalán en el que estaba escrito originalmente el poema era muy arcaico. No me parecía que un ladrillo estuviese tan lejos de un azulejo.

El corazón me empezó a latir de nuevo a toda velocidad, esta vez sin necesidad de haber echado ninguna carrera ni bajar montes. Se desbocó con la simple emoción de pensar que estaba cerca de una pista.

—Y esos restos... ¿son muy antiguos?, ¿medievales? —me atreví a preguntar con una falsa sonrisa amable pintada en la cara.

—Muy antiguos, hijo. No sé de qué época son, pero

están aquí desde tiempos inmemoriales… Hace años hicieron excavaciones arqueológicas y todo; aunque no encontraron nada, claro. Sólo lo que hay: un montón de ruinas. Y ladrillos antiguos... Es esta tierra, que es muy buena para eso.

—Ah, sí... —dije con toda la desgana que fui capaz de fingir—, al venir he pasado por una zona en la que la tierra era muy roja, muy arcillosa.

—Precisamente. Se ve desde el camino. Ya apenas queda nada, un horno y cuatro piedras, pero si os gustan esas cosas antiguas…

—¿Y dónde dice usted que está? —indagué como quien no quiere la cosa.

Me explicó que era muy fácil de encontrar. Tan sólo había que seguir el camino y allá donde la tierra era roja, había una curva cerrada. Unos cincuenta metros a la izquierda ya se veían las ruinas.

Le agradecí las explicaciones y apenas habían pasado quince minutos cuando oímos unos coches que se acercaban. Nos asomamos a la ventana. ¡Por fin llegaba el equipo de rescate!

Mi madre, mi tío Fede y mi abuelo estaban desembarcando de un coche, y los vecinos, Joan y Montse, de otro.

Cuando salió a mi encuentro, Ricard parecía muy preocupado y hasta diría que andaba encogido y encorvado.

—¿Estás bien? —fue lo primero que me dijo.

—Claro… Es Feli la que se la ha pegado…

Creo que me hubiese abrazado allí mismo, y eso que mi abuelo Ricard no era muy dado a demostrar sus afectos. Joan y Montse también parecían sentirse culpables por no haber vigilado más a su nieta y a la prima de ésta que estaba a su cuidado.

El equipo de rescate se puso en marcha: se unió al grupo la señora de la masía, que se empeñó en venir con nosotros y ayudarnos en lo que pudiera. Yo pienso que tenía la secreta esperanza de ver alguna desgracia: sangre, heridos, ¡drama! Algo que rompiese con la aburrida rutina de la vida del campo, pero lo mismo son cosas mías y la pobre mujer no quería más que colaborar.

Como estaba ella presente, nadie osó preguntar sobre el tesoro, y todos callamos como muertos, tal y como lo hubiera hecho una familia mafiosa cerrando filas en torno a algún oscuro secreto.

Mi madre inició con la mujer una intrascendente conversación sobre las setas que se podían encontrar por la zona y yo me sentí feliz de que sus voces llenasen el silencio que estuve a punto de romper por la impaciencia de dar a conocer mis descubrimientos.

La subida se me hizo más breve. Pasamos por la zona de tierra roja y arcillosa y enseguida localicé la curva cerrada desde la que, en efecto, se veían a unos cuantos metros unas ruinas que yo no hubiera sabido decir si eran de una tejería, una casa, un horno o un castillo.

Al pasar junto a ellas mi corazón volvió a desbocarse emocionado.

La ascensión se hizo un poco más complicada al final, porque la senda estaba cubierta por la arena y las piedrecillas, que nos hacían resbalar con facilidad.

Pero al fin y sin grandes percances, llegamos al lugar donde se encontraban mis amigas.

—¡¡Feliii!! ¡¡Albaaa!! —les gritó Montse en cuanto las divisó.

Feli estaba cómodamente sentada sobre una roca. Parecía que no le hubiese pasado nada.

—¿Qué tienes, hija?

—Nada, que me he caído y me he hecho un poco de daño. Me duele cuando apoyo el pie; aquí, en el tobillo.

El tío Fede tomó la iniciativa y, sin decir una palabra, tomó a Feli de la cintura. Ella puso cara de fastidio y él le tuvo que explicar:

—Anda, agárrate a mí. Yo te llevo… Apóyate.

Lo de apoyarse en él debió de complacerla porque Feli prácticamente se colgó de mi tío. Fede lo tuvo complicado para cargar con ella y no caerse, pero supongo que también estaba lleno de ese mismo aire heroico que se había apoderado de mí hacía un rato, y que le daba fuerzas para cargar con una chica preciosa que estaba como un tren.

Los demás revoloteábamos alrededor dando la lata.

—¿Necesitas ayuda?

—¿Te duele?

—Yo te llevo la mochila...

—Fede, cuidado con la roca… Fede, cuidado con la tierra… Fede, cuidado…

—¡Que ya tengo cuidado, caramba!

Unas perlitas de sudor le empezaron a aparecer en la frente, y pronto se transformaron en manchones y cercos que le cubrieron la camisa. Para mí que Feli pesaba mucho más de lo que aparentaba. Y mi tío Fede, además de agotado, debía de estar hasta las narices del equipo de rescate, que más parecíamos una panda de domingueros capaces de terminar por los suelos con otro par de esguinces o torceduras.

Al bajar, cuando atravesamos la zona de la arcilla roja, me coloqué al lado de Alba, y le canté al oído: «aquí está el camino del rojo azulejo»... Y le señalé las ruinas. Ella se quedó mirándome sorprendida.

—Allá hay una antigua fábrica de ladrillos —murmuré.

Sus ojos oscuros se iluminaron.

Le sonreí más contento que unas pascuas.

—Pues entonces ya sólo nos queda encontrar «más allá del vértigo dulce y la extraña locura» —me dijo en un susurro.

En cuanto llegamos a casa, compartí con todos mi descubrimiento. No encontré el entusiasmo que esperaba, y supuse que la caída de Feli había enfriado los ánimos.

Joan y Montse la llevaron al ambulatorio más cercano y cuando regresaron la preciosa pierna de Feli estaba adornada con una venda rígida. Pero no tenía ni un esguince ni nada. Los médicos dijeron que tan sólo había sido un mal paso y que se le pasaría con un poco de reposo. Mi tío Fede, como si de pronto se hubiese convertido en su enfermero particular, le ayudó a bajar del coche en cuanto llegó del centro médico.

Al día siguiente, Alba, mi madre, Fede y yo volvimos al castillo de Sant Iscle a por las bicicletas que habíamos dejado abandonadas. Alba y yo decidimos bajar de nuevo por la senda hasta el tejar y mi tío y mi madre se llevaron nuestras bicis en el coche.

—¡Tened mucho cuidado! Como otro acabe tocado, os aseguro que seré yo el que termine de cargármelo.

Me acordé de la maldición de la «F». Alba estaba a salvo, que para eso su nombre empezaba por «A». Pero yo no.

No dije nada, pero me prometí poner los cinco sentidos en la bajada por el monte. Todavía me escocían los arañazos del día anterior.

Mi vecina estaba muy animada mientras bajaba.

—Caramba, Fran. Me sorprendiste ayer con el descubrimiento del ladrillar... No te creía capaz de... —se calló ante la imposibilidad de acabar la frase sin dejarme por los suelos.

—Ya. Que no soy tan tonto como pensabas.

Decidió reírse en lugar de buscar una justificación que hubiese resultado más complicada.

—No te lo tomes a mal…

Quizás en otra circunstancia me hubiese molestado, pero entonces me dio igual. Estaba emocionado por haber encontrado yo solito «el camino del rojo azulejo».

—No me importa, en serio.

Descendimos con cuidado hasta que llegamos al lugar en el que la tierra se volvía arcillosa. Un poco más adelante, la curva cerrada anunciaba la cercanía de la tejería.

—¡¡Allí está!! —le señalé.

Fuimos hacia las ruinas que asomaban entre la espesura. La verdad es que a mí me parecían unos simples muros casi derruidos. Si no me llegan a decir que eran unos restos arqueológicos, nunca me hubiese parado a contemplar aquellas piedras.

—Aquí hay un horno —dijo Alba.

Y señaló la construcción que en mi humilde opinión hubiese podido resultar un horno, un tejado de la casa de un *hobbit*, o un iglú hecho con piedras.

Exploramos alrededor y encontramos unos ladrillos rojizos, muy gruesos, que me recordaron a los que había visto que formaban algunas partes del suelo del castillo de Sant Iscle.

—Para mí que esto es muy moderno… —le dije a Alba.

Ella se encogió de hombros.

—Vaya, que seguro que en el siglo XIX los ladrillos eran así... —le señalé uno de ellos.

Ella agarró uno y lo acarició. La superficie era muy rugosa. No era muy regular. No había dos ladrillos iguales. Era como si los hubiesen hecho a mano, casi parecían de adobe.

—¿Tú crees que esto es medieval? —insistí en mis dudas.

Alba seguía con el ladrillo en la mano.

—Pues la verdad es que no. Para mí que en efecto es del XIX... Pero lo que sí está claro es que la tierra rojiza siempre ha estado aquí. Y podemos suponer que en la Edad Media en esta misma zona aprovechaban esta tierra arcillosa para hacer ladrillos, o azulejos, o cerámica, o ¡vete tú a saber!

Me quedé mirando la tierra un poco desanimado.

—Bueno… —le dije sentándome con desgana sobre unas piedras—, hemos supuesto que el arco de la puerta es el bueno: el «del monte pelado». Ahora podemos seguir suponiendo que aquí, en efecto, hubo un lugar donde hacían ladrillos, azulejos, cerámica o a saber qué. Estamos basándonos en muchas suposiciones, ¿no?

Alba se sentó a mi lado.

—Pues sí. Pero es lo que hay. Tampoco tenemos otras opciones. Me apetece seguir avanzando en la investigación, aunque nos estemos sosteniendo, como tú dices, sobre unas hipótesis un tanto blandengues…

—Ya.

Nos quedamos los dos mirándonos como unos idiotas.

—Si seguimos adelante, lo que hay que buscar ahora es «más allá del vértigo dulce y la extraña locura» —me lo había aprendido de memoria.

—Lo sé, pero te aseguro que ahora sí que me han pillado. Me suena rarísimo... Dímelo todo otra vez, por favor.

—«Oculta el tesoro bajo su cálido manto, pasando el arco del monte pelado, por el camino del rojo azulejo, más allá del vértigo dulce y la extraña locura…»

Ella me cortó.

—Puff, no lo veo nada claro. Hasta ahora hablábamos de lugares, cosas tangibles: que si un arco, un camino... Pero lo del vértigo y la locura... ¿Qué son eso? ¿Hacia dónde narices podemos ir?

A mi alrededor todo era bosque. Nada había que pudiese asociar al «vértigo» o la «locura».

—Bueno, yo «vértigo» lo asocio con las alturas —pensé en alto—. Quizás un precipicio, una montaña… —aventuré.

Alba se levantó.

—Hombre, montañas como para dar vértigo..., pues por aquí no hay. Mira esta colina, esa otra… Es difícil que te dé vértigo uno de estos montes. Bueno…, quizás una bajada complicada de uno, como la que hemos hecho hace un rato. Pero algo como una pared de roca vertical, pues, a lo mejor hay algo así por aquí, pero yo, ni idea.

—¿Qué te parece si miramos el mapa de mi tío Fede? Creo que estaban marcadas las alturas, quiero decir, las cotas… Si hay un buen desnivel podemos verlo allí.

—Me parece que no era un mapa tan detallado.

—¿Se te ocurre algo mejor?

Ella volvió a encogerse de hombros.

—La verdad es que no.

—Entonces, vamos.

Me levanté echando un vistazo alrededor. Por un segundo tuve la sensación de que algo se me escapaba, pero fue sólo un instante y la sensación desapareció tal y como había venido.

Regresamos a casa cansados de tanto andar y al llegar nos encontramos a Fede y a Feli en el jardín de la Casa del Árbol. Ella tenía un pie en alto que apoyaba en una banqueta. Se estaba tomando un refresco con pajita. Fede se reía con ella.

—¡Tío! —le grité —. ¡Déjanos tu mapa, por favor!

—A ver chicos, ¿qué habéis encontrado?

—Bueno, lo del «camino del rojo azulejo» responde a la tierra de arcilla y allí hay un lugar donde antiguamente hacían ladrillos, cerámica, tejas y esas cosas... Pero de lo que no tenemos ni idea es de lo del «vértigo dulce y la extraña locura».

Fede alzó las cejas en un exagerado gesto de sorpresa.

—Se nos ha ocurrido que a lo mejor hay un acantilado, un corte en las rocas…

—Esperad…

Fede se levantó a buscar el mapa. Cuando lo trajo nos abalanzamos sobre él como fieras hambrientas. Feli se olvidó de su pie dolorido y se levantó para meter las narices en el mapa.

La página ya estaba señalada y la verdad es que no nos dio muchos detalles.

—Aquí no se ve ningún acantilado. Claro que la escala es tan pequeña que lo mismo no lo recoge.

—En los alrededores de la tejería no hay ninguna altura tampoco... Excepto la del propio castillo de Sant Iscle…

—Ya… Y sería un poco absurdo dar la vuelta para volver al comienzo. Tiene que haber algo por ahí...

—Que yo sepa —intervino Fede— no hay ningún desnivel importante en esta zona. Pero yo no me he criado aquí y no lo conozco muy bien. ¿Por qué no les preguntáis a Joan y Montse? Tus abuelos lo sabrán mejor, Alba.

Feli se levantó y se vino con nosotros. A mí me pareció que ni cojeaba ni nada. Pero bueno, cualquiera sabe.

Joan y Montse estaban en su casa y prácticamente los asaltamos a preguntas: que si conocían algún acantilado, o un desnivel, o algo que diese vértigo. Nos dijeron que no, que no tenían ni idea. De hecho hasta entonces no sabían ni que existía la *bòbila*.

—Podríamos preguntar a la señora de la masía que te informó. Ella debe de conocer aquello como la palma de su mano —propuso la prima de Alba.

—Son sus tierras, ¡no te fastidia! Claro que lo conocerá.

—Sí, y encima a ver qué excusa le damos para pasarnos por allí y preguntarle por un acantilado —dije yo.

—Una excusa... a mí sí que se me ocurre —replicó Feli—. Compramos una caja de bombones y mañana nos pasamos los tres, yo a la cabeza, para darle las gracias por habernos ayudado.

Me quedé de piedra. ¡Y a mí que Feli me había parecido más preocupada por su aspecto que por nuestra pequeña aventura! La idea no estaba nada mal. Así que eso hicimos: compramos una caja de bombones, y al día siguiente iríamos los tres a la masía. Dispuestos a enterarnos dónde o qué podría darnos vértigo en aquellas tierras.

El vértigo dulce y la extraña locura

Cenábamos todos juntos en el porche de verano. En el cielo no había ni una nube y las estrellas refulgían en la oscuridad de una noche perfecta. Alba, Feli y yo estábamos más que excitados con nuestro plan y nuestros descubrimientos. Mi abuela Flor había preparado una de sus especialidades: escalivada. Montse, la vecina, había hecho unas tortillas de patatas y un bizcocho. El tío Fidel discutía con Visi si sería posible con sus conocimientos navales construir un barco real, a tamaño natural; y Ricard, mi abuelo, se dedicaba a calcular cuánto tiempo tardaría en hacerlo.

Mi madre estaba extrañamente silenciosa, sentada a la cabecera de la mesa. Y Fede…, mi tío se había ido a la nevera a buscar un frasco de anchoas para comprobar la tesis de Visi: lo ricas que podían estar con tortilla de patatas.

El aire de la noche olía al limón de las velas que mi abuela había encendido para espantar a los mosquitos.

Fede llegó, abrió el frasco de anchoas, y las colocó encima de una de las tortillas formando un caprichoso dibujo. Montse contempló horrorizada cómo el aceite de las anchoas empapaba su obra de arte culinario.

—*Et voilà!* —exclamó Fede con el envase aún en la mano—. Esto es un capricho de los dioses. Son anchoas de L'Escala. ¡Toma ya! Anchoítas con tortilla de Montse... Hum...

Feli se abalanzó sobre la tortilla para partirse un buen trozo.

—¡Pues sí que está buena, oye!

Montse, tímidamente primero y después con el atrevimiento propio de un aventurero experimentado, se dispuso a diseccionarla y cortó un trocito pequeño. Yo seguía pensando en «el vértigo dulce y la extraña locura» que no me sugerían ninguna cosa… hasta que el cerebro realizó una curiosa asociación al contemplar, allí en la cena, las anchoas dibujando unas líneas sobre el trozo de tortilla alargado.

—¡Ricard! —grité a mi abuelo—. ¿No había un esquema dibujado en el pergamino original?

Todos se quedaron mirándome como si en ese momento les hubiese recordado un tema que tenían sepultado en la sima más profunda de la memoria.

—El plano del tesoro —me vi obligado a aclarar—. Es que estaba pensando en lo del «vértigo» y, como no le veía salida alguna, me he acordado del esquema…

Ricard me entendió y se levantó a buscar el pergamino.

Las conversaciones cesaron de pronto.

Cuando apareció con él, lo desplegué con cuidado sobre la mesa. Feli apartó el plato de tortilla con anchoas y aprovechó para zamparse otro pedazo.

Me gustó volver a tocar el original, la piel aquella tan suave... y tan sucia, que todo hay que decirlo.

—Esto podrían ser las cuatro esquinas —señaló Alba unos puntos casi invisibles y fue tocando uno por uno—: Iscle, Vidreres, Llagostera y Seclina —dijo.

Había, o más bien se adivinaban, cuatro líneas que configuraban un rectángulo muy alargado. Dentro de él había más líneas, y manchas, pero lo cierto es que era imposible distinguir nada con claridad.

—Si estos puntos —intervino Feli— delimitan un área..., el acantilado que buscamos debe de estar ahí dentro. Puede que cerca de Llagostera o Vidreres... Hasta Santa Ceclina podemos llegar...

—No —afirmó Alba—. No tenemos que buscar tan lejos. Tiene que estar cerca de la *bòbila*. Una pista nos lleva hasta la siguiente. Ha de estar cerca de la masía de la señora...

—Os aseguro que cerca de Llagostera no hay nada de eso —intervino con seguridad Joan—. Esa zona sí que la conozco bien.

—No puede estar demasiado lejos de la pista anterior... —repitió Alba.

—Entonces el esquema del pergamino no vale para nada, ¿no? —concluyó Fede.

Pasó un ángel por el porche de verano. Un incómodo silencio nos rodeó.

—Ea, olvidadlo ahora. Mañana sabréis si hay algo que produzca vértigo cuando se lo preguntéis a la señora esa —mi abuela Flor impuso una pizca de racionalidad.

—Visi, tenías razón: la tortilla está buenísima —masculló Feli con la boca llena.

El tío Fede le hizo un gesto como diciendo: «¿A que sí?»

El cambio de tema nos devolvió a la realidad de la cena. Yo tomé el pergamino y lo doblé con mucho cuidado. Ricard se lo guardó en el bolsillo.

—¿Haremos una sesión esta noche? —preguntó Visi a mi abuela.

Ella no le contestó enseguida.

—No estoy de humor... No creo que desprenda buenas vibraciones —dijo al fin.

—Podríamos preguntarle por el «vértigo» —insinué.

—Los espíritus no se ocupan de esas cosas.

—Podríamos probar… —sugirió delicadamente Alba.

—Me parece a mí —intervino Fede— que a mamá no le ha hecho ninguna gracia la última sesión, la del «morirá F».

—Pues mira, es cierto —reconoció Flor dejándose caer en su silla de mimbre—. Nunca me había pasado algo así.

—Si es que sois la mar de negativos, dais por sentado que «F» es una persona. ¿Y si le cortasteis antes de que acabase una frase? Yo qué sé..., hum… —el tío Fede estaba improvisando—. Bueno, «morirá follando», por ejemplo —y se rió a carcajadas de su propia gracia.

Nos quedamos mirándolo sin participar de su original sentido del humor.

—La verdad —intervino con timidez mi madre— es que podría ser cualquier otra cosa...

Sólo entonces, al ver su rostro, me di cuenta de que lo que a mí me había parecido una simple tontería, que sólo de vez en cuando me venía a la cabeza, les preocupaba de verdad a mi madre y a mi abuela.

—No le deis más vueltas, chicas —dijo el tío Fidel—. Brindemos por nosotros y olvidémonos del mundo de los espíritus...

Tomó una botella de vino y sirvió a todos los que tenían el vaso vacío. Así que brindamos con vino, Coca-Cola, cerveza y limonada. Cada uno con lo que tenía a mano.

Aquella noche perfecta de verano no hicimos ninguna sesión espiritista.

Entonces yo no sabía que nunca más, nunca en mi vida, volvería a participar en una sesión. La última fue la de mi abuela. La de «morirá F». Que después, con el tiempo, se demostraría que, en efecto, anunciaba una muerte.

Al día siguiente, según nos acercábamos a la masía, yo empecé a ponerme nervioso. Me sentía culpable o algo parecido. Decidimos ir en bici por la carretera y olvidarnos del camino del bosque. Feli pedaleaba con la misma fuerza que nosotros. Decía que el pie ya no le dolía nada. Yo empezaba a dudar de que realmente alguna vez se hubiese hecho algo en el tobillo.

Cuando llegamos, los perros revelaron nuestra llegada. Nos ladraron tanto que ni nos atrevimos a acercarnos a la puerta. Afortunadamente la mujer se asomó a oír los ladridos de los chuchos y fue ella la que se acercó hasta nosotros.

—Quería agradecerle en persona lo mucho que nos ayudó el otro día y por eso le hemos traído este regalito.

Feli había envuelto con mucha maña la caja de bombones y le había puesto un lazo que quedaba la mar de apañado.

Como esperábamos, la señora nos invitó a pasar a su casa y fue Feli quien, tras asegurarle que su caída no había sido nada, igual que una araña despliega su tela, derrochó sonrisas y simpatía hasta llegar al punto que nos interesaba.

—Fue una pena lo del día del castillo, porque la verdad es que lo pasamos estupendamente —explicaba Feli—. Investigamos las ruinas, subimos aquí y allá... Y se veía un paisaje «taaan» chulo —adornó ese «taaan» con esa sonrisa suya que dejaba asomar unos preciosos dientes perfectos—. Ahora que ya estoy bien queremos hacer más excursiones —aquí atacó con otra de sus sonrisas perfectas—. Fran nos dijo que también podríamos ver el tejar ese... ¿Qué más sitios podríamos visitar? —en este punto los dientes estaban más que dispuestos a dar la dentallada—. A mí me gusta mucho escalar por las rocas.

—Huy, pues en esta zona tenéis muchas cosas para ver... Están las trincheras de la Guerra Civil. Hubo muy cerca de aquí un aeródromo republicano y se conservan las trincheras y un refugio y...

Feli la miraba sin ver. Ahora que empezaba a conocerla me daba cuenta de que, aunque daba la impresión de que observaba atentamente a su interlocutora, en realidad le importaba un bledo lo que estaba diciendo. Tan sólo seguía sonriendo amablemente como una autómata en espera de la información que de verdad le interesaba.

—El otro día me comentó que hay otro castillo, ¿no? —le animé a continuar alejándola de una época histórica, la de la Guerra Civil, que no nos interesaba lo más mínimo.

—El de Sant Maurici... Está al otro lado de la carretera, el camino está indicado. Es también interesante.

—Es que está un poco lejos —en realidad se salía del área delimitada por las «cuatro esquinas del manto de la reina mora»—. Y... ¿está muy alto? —preguntó Feli con inocencia.

A ella pareció extrañarle la pregunta, pero nos contestó de todas maneras.

—No mucho, hijos. No mucho... Como el de Sant Iscle, supongo, más o menos. Está al otro lado de la carretera, un poco lejos, sí... Pero las trincheras son algo curioso y ésas sí que están cerca. Vosotros que sois jóvenes deberíais verlas. No habéis vivido la guerra, ni la posguerra y así os haríais una idea de...

—¡Qué interesante! —mintió Feli interrumpiéndola con descaro—. ¿Y qué más hay por aquí? De paisaje natural, quiero decir... También nos gusta escalar riscos, barrancos, rocas..., esas cosas.

Yo creo que hasta me puse colorado al oírla mentir con esa naturalidad.

La señora se quedó muda un momento después de que la hubiese cortado como había hecho.

—La verdad es que... de eso, por aquí no vais a encontrar mucho. Pero ¿sabéis?, se me ocurre que podéis ir a Turismo; allí seguro que os informarán mejor.

Feli intentó liarla después con otras preguntas, pero no sacamos más información que la del castillo de Sant Maurici y las famosas trincheras.

Cuando comprendimos que no obtendríamos nada más en limpio, nos despedimos amablemente, dándole las gracias por enésima vez por habernos ofrecido su ayuda.

—Oye, chicos, lo de ir a Turismo no es ninguna tontería... Allí pueden tener informaciones y mapas —fue Alba la que lo dijo nada más salir de la masía.

—¿Hay alguna oficina de Información y Turismo en Vidreres o en Llagostera? —le pregunté—. Yo diría que no.

—Si no, en los ayuntamientos suelen tener información. Es cuestión de probar y preguntar.

No, no parecía una mala idea.

Al día siguiente convencimos a mi madre para que nos llevase en coche a los dos pueblos y recabar toda la información posible. ¡Ay, si entonces hubiese existido Internet! Pero no. Antes todo se buscaba en documentos escritos. A veces me pregunto cómo narices podíamos vivir sin Internet ni San Google.

Mientras mi madre compraba, nosotros nos dirigimos a los ayuntamientos. Tuvimos suerte, porque encontramos algunos mapas mucho más detallados que el de carreteras de mi tío Fede. Todo estaba preparado para indicar a los turistas los lugares más curiosos de la zona: el castillo de Sant Maurici, el de Sant Iscle, las masías antiguas, las ermitas, rutas en bicicleta...

En Vidreres nos atendió una señora muy simpática y acabó proporcionándonos más pistas.

Después de que Feli volviese a desplegar su simpatía y a preguntar por lugares rocosos, o para escalar, o de la naturaleza, o de lo que fuese que acabase dándonos vértigo, la mujer terminó por conseguirnos algo que a la larga nos resultaría útil.

—Si os interesa la naturaleza... —nos dijo—. Esperad un momento... Tenía unos mapas por aquí. Hum. Son un poco viejos, pero seguro que me queda alguno.

Desapareció unos instantes y nos dejó llenos de curiosidad. Cuando regresó, llevaba un papel polvoriento en la mano.

—Esto —señaló el papel— es el espacio natural del macizo de Cadiretes. Por aquí —su dedo se paró sobre unas manchas verdosas— hay pequeños montes. No hay caminos, ni se puede ir en coche, pero sí hay senderos que conducen a sitios muy bonitos. Y en este mapa —lo puso de manera que lo pudimos ver por fin con claridad— están marcadas unas rutas recomendadas para hacer a pie. ¿Veis?, la del castillo de Sant Iscle, la de los pantanos y la de la ermita de Caulés.

Ninguno de los tres pudimos decir ni una palabra.

Allí, delante de nuestras narices, por fin teníamos un mapa detallado de la zona que nos interesaba. Bueno, vale, era muy poco realista y los lugares «de interés» estaban marcados con unos puntos verdes que no se sabía muy bien dónde quedaban exactamente. Y los caminos eran unas líneas grises muy esquemáticas que, ahora que conocíamos Sant Iscle, poco tenían que ver con la realidad. Pero en esencia estaban allí, dibujadas aunque fuese de forma geométrica y poco clara, todas las cosas que habíamos encontrado: el castillo, la tejería, incluso las masías...

Feli sonrió a la funcionaria de una manera que ya me hubiese gustado a mí que me sonriese.

—¡Muchas gracias! Ha sido usted muy amable.

Prácticamente le arrebató el mapa de las manos y salimos volando para contemplarlo a gusto. Nos fuimos al bar donde habíamos quedado con mi madre y nos quedamos abducidos y atontados con la contemplación de aquel trozo de papel polvoriento.

Yo, como ellas, leía con atención todos los rótulos que aparecían dibujados en las cercanías de la tejería, que en el mapa aparecía señalada como «*Antiga Bòbila (Ruïnes)*». Leí: «*Can Canyet*», «*Can Pla*», «*Can Gener*», «*Bosc d'en Puig*», «*Refugi Guerra Civil*», «*Camp d'aviació*», «*Riera del Reclar*»...

—Está en catalán —advirtió Feli.

—¿Lo entiendes?

—Puff, más o menos... —pareció recorrer con la vista los puntos que más le interesaban del mapa—. ¿Qué es «*turó*»? —nos preguntó.

Alba y yo nos miramos. Y fue ella la que contestó lo mismo que estaba pensando yo:

—Pues justamente puede ser lo que estamos buscando; es un cerro, una colina, un lugar alto...

—¿Desde el que podemos sentir vértigo?

—Pues… ¿por qué no? Puede ser.

Y es que, no muy lejos de la *bòbila*, estaba marcado con un precioso punto verde en el mapa: «*Turó de la Castellona*». Lo que sería nuestro próximo objetivo.

Cuando pienso en nuestra excursión al *turó,* aún hoy, después de los años transcurridos, me entra un cierto reparo. Si pudiese utilizar una máquina del tiempo y volviese a aquel verano, y viviese de nuevo aquel día…, vaya, que no volvería a hacer lo que hice. Que sigo ruborizándome cuando pienso en ese día en el Turó de la Castellona y en lo que pasó después. Fue otra jornada calurosa, de un calor tan pegajoso que debía haberme dado cuenta: presagiaba otro tipo de bochorno muy distinto.

Habían pasado unos pocos días desde que dimos con el mapa en Vidreres, pero tuvimos que retrasar nuestra excursión porque el tiempo cambió y nos asaltaron unas tormentas veraniegas de esas que hacen historia. Eran de las que siempre acaban diciendo en la tele: «Huy, yo no había visto algo así en toda mi vida». Y así verano tras verano, como si los humanos tuviésemos una memoria de pez, limitada a una RAM de un año, y nos olvidásemos de que cada temporada siempre acaban llegando unas tormentas que se llevan por delante los coches aparcados en las rieras e incluso a algún turista despistado que no sabe que, cuando en la costa catalana llueve, es que llueve de verdad.

Total que cada día nos levantábamos mirando al cielo, y, plas, chaparrón al canto.

Tuvimos que estar esos días encerrados en la Casa del Árbol: imaginando qué haríamos si encontrásemos el tesoro, para acabar concluyendo que quizás deberíamos jugar más a la lotería Primitiva.

Esas tardes organizamos varios emocionantes torneos de cartas, de parchís y de dados.

Y después de tres días sin parar de llover, yo ya estaba a punto de pedir al tío Fidel, de pura desesperación, que me enseñase a hacer los nudos marineros de sus barcos. Porque nos amontonábamos en la casa y el ambiente estaba a punto de volverme loco: los gritos de Visi y Fidel, las conversaciones intrascendentes de las dos «flores» —mi madre y mi abuela—, el humor ácido del tío Fede... Sólo me quedaba refugiarme en Ricard, y claro, en Alba y Feli, que resultaron ser un salvavidas en medio de la tormenta.

Cuando me hartaba de la Casa del Árbol y pensaba que me iba a volver loco si no salía de allí, me pillaba el chubasquero o el paraguas y me largaba a casa de los vecinos. Allí, cogía fuerzas de nuevo para enfrentarme a la locura cotidiana de la convivencia en un espacio cerrado con toda mi familia al completo.

En esos días descubrí a Alba, que resultó ser una chica tranquila a la que acabé apreciando como a una amiga de verdad, y a Feli, en fin, Feli que me parecía cada día más guapa y deseable. Y llegó un momento en que creo que hasta se me debía de ver cómo se me caía la baba cuando ella sonreía y hablaba de cualquier, absolutamente, cualquier cosa.

Y fue durante esos días lluviosos cuando empecé a pensar que yo también le gustaba. No sólo es que me escuchaba con una atención que me parecía especial, sino que además, a ratos, se pasaba también por la Casa del Árbol, a veces con Alba, pero otras muchas veces sola.

¡Venía sola y me buscaba a mí! Subía a la buhardilla, me pedía algún cómic, hablábamos de tonterías, de los cómics que le pasaba y que ella después se leía, de sus estudios en Madrid, del carné de conducir... Luego bajaba y también charlaba con mi familia. Parecía que disfrutaba con ellos y todo. Estaba alucinado.

Feli era dos años mayor que yo y cada día que pasaba estaba más y más coladito por ella.

Pues bien, aquel día tan caluroso en el que por fin pudimos salir de exploración al Turó de la Castellona, nos habíamos levantado muy temprano; la colina quedaba lejos y nos esperaba un largo camino en bici más lo que suponíamos que sería una difícil ascensión. Nadie había podido acercarnos en coche, o según sospechaba yo, nadie había querido.

Para mí que disfrutaban viéndonos realmente hacer ejercicio y machacarnos las piernas por los caminos. «Sois jóvenes», nos decían. «Tenéis que hacer ejercicio; tanto ver la tele, tanto ver la tele…»

—Tened cuidado, no hagáis tonterías... —nos recordaban.

—Si hay un tramo difícil, lo dejáis, ¿eh? —ésa era mi abuela Flor, que no quería volver a oír hablar de esguinces, torceduras o accidentes.

—Poneos botas, habrá barro...

—¡Ay, Dios!, que os podéis resbalar. Tened cuidado por favor...

—Llevaos un palo, por si hay leopardos…

Feli le rió mucho esta última gracia al tío Fede. Fue el único que se dio cuenta de lo pesados que se estaban poniendo todos con sus consejos y advertencias.

El Turó de la Castellona no parecía tan alto desde la carretera. Cuando dejamos las bicis eran casi las once, y todavía nos quedaba la ascensión. Seguimos una senda que serpenteaba por la ladera cubierta de árboles. Todo estaba muy verde y bastante embarrado. Después de las lluvias olía a humus y a bosque, y hacía un fresco agradable entre lo umbrío de la vegetación.

Feli llevaba unos tejanos (que ella llamaba «vaqueros») muy ajustados y a mí me gustaba verla caminar delante de mí. La senda no dejaba ver mucho más allá de unos metros alrededor y, aunque íbamos subiendo poco a poco, no había ningún lugar desde el que se pudiera sentir vértigo.

—Esto no da vértigo.

Ninguna de las dos chicas me contestó.

—Bueno, a lo mejor más arriba hay algún sitio desde el que se aprecie más la altura —continué aventurando.

—No es por fastidiar, pero no lo parece —dijo Feli.

Seguimos avanzando unos pocos metros.

—No me da buena espina tanto bosque, tanto bosque...

—Sí, nos saldrá un leopardo de un momento a otro —me burlé.

—Es que estamos en una zona muy salvaje, en serio —continuó diciendo Feli—. No me hace ninguna gracia.

De repente me vino a la cabeza la historia de la «F» y confieso que me entró un poco de..., si no era miedo, digamos que fue «reparo».

—Tendremos cuidado —aseguré.

—Venga, no me vengáis con tonterías ahora, que nos queda muy poco —Alba nos recordó lo cerca que ya estábamos de la cima.

—Estoy cansada —se quejó Feli—. ¿Por qué no hacemos un descanso?

—¡Epa! Estoy de acuerdo —apoyé—. Hagamos un «kit kat».

—¡Pero qué blandengues sois, madre mía! —nos dijo Alba—. A ver si al menos sois capaces de llegar un poco más arriba, a algún sitio que esté un poco más seco.

—Venga, vale. Seguimos un poco más, pero sólo un poco.

Avanzamos unos cientos de metros y llegamos a una zona más rocosa y soleada. Era el sitio perfecto para descansar. Nada más verlo, Feli se sentó en las piedras, al sol, y nos dejó muy claro que nadie conseguiría que se moviese en un buen rato.

—¿Es que quieres comer ya? —le preguntó Alba—. Es muy pronto.

—¿Vosotros no tenéis hambre?

—Yo sí —contesté.

—Ay —suspiró Alba—. ¡Blandengues! Bueno, hagamos una cosa. Es verdad que esto no tiene ninguna pinta de dar vértigo. Yo no estoy nada cansada. Así que mientras vosotros descansáis un rato, yo voy a subir algo más, un poco sólo, para ver si este camino acaba dando a un risco, a un precipicio, o... ¡Yo qué sé! Que al menos simplemente permita ver un paisaje desde lo alto que pueda dar vértigo. ¿Os parece?

—¿No te da miedo ir sola?

Ella se quedó mirándome como si fuese idiota.

—Ni pizca... Me encanta la montaña. Esto no es más que una colina. Estoy acostumbrada a subidas mucho más complicadas.

—¿Te esperamos aquí entonces? —le pregunté dudoso.

Alba se limitó a asentir con un gesto.

—¿Podemos empezar a comer?

Alba se partía de la risa.

—Pues claro, Feli. ¡Pero déjame algo al menos! Venga, va, vuelvo enseguida.

Se marchó camino adelante y yo me senté en una roca junto a Feli.

—No sabía que le gustaba escalar —le dije.

—No escalar, no. Le encanta triscar por la montaña, hacer senderismo y esas cosas. Está en un grupo y todo.

—¡Ah!

Sacamos los bocatas y Feli empezó a hablarme de su familia. Se la veía cansada y algo sudorosa. Se había recogido la melena con una coleta y su piel brillaba por el calor. Estaba guapísima.

Yo empecé a caer bajo su influjo hipnótico oyéndola hablar.

—Fran —me dijo—, no sabes la suerte que tienes con tu familia.

—Pero ¿qué dices?, si están todos como cabras…

Ella se rió, y su risa me resultó musical y alegre.

—Son muy majetes, Fran. Yo apenas tengo familia y encima mis padres están separados…

—Los míos también —la corté, y me arrepentí al instante porque me di cuenta de que me iba a decir algo importante.

—Ya... Pero fíjate, tienes a todos tus tíos... ¡Son tan majos!

—Si tú lo dices —saqué una lata de Nestea que todavía estaba fría.

—¡En serio que lo son! Y tus abuelos son muy enrollados —me dijo con lo que me pareció una sonrisa triste—. Es muy bonito tener una familia... ¡Ey! Tienes Nestea, ¿me das un poco?

Yo acababa de echar un trago, me acerqué a ella y le pasé la lata. La vi poner los labios en el mismo sitio donde habían estado los míos hacía sólo un momento, y me puse muy nervioso.

Ella bebió y todavía con los ojos tristes me devolvió la bebida.

Mi mano quedó sobre la suya y sobre la lata unos segundos más de lo que debería.

La miré a los ojos, que me parecieron más brillantes que nunca. Eran tan verdes y oscuros como el bosque que nos rodeaba. Feli estaba preciosa.

Estábamos muy cerca y no lo pensé.

Simplemente me aproximé un poco más y la besé.

Fue un instante. Un bonito segundo, ¡o menos!, que me supo a Nestea, a chicle de menta y a algo que no era otra cosa que la propia Feli... Y fue un instante, breve y difuso, porque ella me empujó rechazándome.

—No, Fran... —murmuró.

La lata de Nestea cayó al suelo derramando su contenido.

De pronto sus ojos eran fríos como el hielo.

Yo debía de estar colorado como un tomate de los de mi abuelo Ricard, de esos de la variedad que salen solos, no los de los racimos.

—Lo..., lo siento... —tartamudeé.

Tenía que haberle dicho: «Te he malinterpretado. Esas miradas tristes, eso de hablar de mi familia, esas confesiones sobre tu vida, esas visitas a mi casa cuando llovía...», tendría que haberle recordado todo aquello que tenía entonces en la cabeza en una confusa maraña.

En aquel momento simplemente me sentí rechazado y no entendí por qué. Ahora, con el tiempo, lo veo tan claro que me parece mentira que entonces no me hubiese dado cuenta de que la persona que le interesaba a Feli no era yo ni mucho menos.

El rato que pasó hasta que volvió Alba lo pasamos al principio en un silencio incómodo, y después con una conversación sobre temas estúpidos e intrascendentes, que avanzó a trompicones, entre carrerillas y frenazos, en busca de la confianza que habíamos sentido antes de mi beso frustrado.

Cuando llegó Alba, nos alegramos de que alguien tuviese algo que contar y de que no fuésemos nosotros los que tuviésemos que llenar el silencio. Ella nos dijo, sencillamente, que no había visto nada que pudiera asociar con el famoso vértigo.

Después de comer subimos los tres hasta lo que nos pareció la cima y, en efecto, no encontramos nada que nos sugiriese una pista.

Bajamos abatidos pensando que el *turó* no había sido más que una pista falsa. Pero el que estaba más abatido y triste era yo, porque no sólo había perdido el rastro del tesoro, sino también a la que había sido la ilusión de aquellos últimos días: a Feli.

Llegamos agotados a casa y cuando contamos que no habíamos encontrado nada, pareció que les contagiábamos a todos nuestros ánimos sombríos.

Estaba anocheciendo cuando Alba y Feli se fueron a su casa y yo me subí a la buhardilla para intentar olvidar mis penas mirando las estrellas por el ventanuco abierto.

Pasaron algunas horas y mi ánimo continuaba por los suelos.

Entonces una musiquilla lejana empezó a colarse por la ventana. Era una música pachanguera y facilona que me hizo recordar que eran las fiestas del pueblo, y que a esas horas alguna orquesta habría empezado a tocar los éxitos del verano.

Ya no me hacía gracia ir a las fiestas de los pueblos, pero aquella noche me sentía lo bastante mal como para que la idea de ir a tomar algo, solo, oír música y perderme entre el bullicio de la gente me pareciese buena. Así que me vestí y en la oscuridad, sin que nadie me viese, salí de la Casa del Árbol para ir al pueblo.

Las calles principales estaban engalanadas con guirnaldas de colores y banderitas, y todas ellas confluían en la plaza del pueblo. Como si no fuese otra cosa que un insecto que sin saberlo hubiese caído en una trampa del caprichoso destino, la música y las luces me empujaron hacia allá.

Habían levantado un escenario sobre el que una orquesta tocaba uno de los grandes éxitos de aquel verano, que como todos los veranos era de un pachanguero impresionante.

Había mucha gente; unos bailaban cerca del escenario, otros se apelotonaban alrededor mirando a los bailarines o simplemente se bamboleaban al ritmo machacón de la música.

Mis ánimos eran más bien oscuros, como el rincón apartado de la plaza que elegí en el que se refugiaban algunos chicos y chicas que, como yo, querían sentirse alejados del mogollón de gente. Busqué una cerveza y después fui hacia los escalones del rincón y me dejé caer sobre uno de ellos.

Oculto en la oscuridad me dediqué a contemplar la alegría de los otros, aquellos que bailaban en parejitas o hacían el payaso en grupos.

Supongo que el inconsciente percibe mucho más de lo que nos parece, y que fue por eso que, sin saber por qué, aquella pareja atrajo mi atención.

La silueta de ella, de espaldas, estaba marcada por más curvas que el circuito de Montmeló. Se movía al compás de la música con sensualidad y llevaba unos tejanos ajustados..., unos tejanos... ¡que ella hubiese llamado «vaqueros»!

Porque esa chica que bailaba allá lejos era Feli. Aquella melena morena era su melena; aquéllas eran las curvas que me habían atrapado en la subida al monte, y aquellos brazos que la abrazaban... ¡¿De quién demonios eran esos brazos?!

Movido por un instinto extraño me eché hacia atrás, para ocultarme aún más entre las sombras, y poder observar sin que me viesen a esos dos que se fundían en un abrazo mientras bailaban rodeados de una multitud en aquella fiesta de verano.

Yo sólo podía distinguir la sombra de un tipo alto cuyas manos subían y bajaban desde los omóplatos de Feli hasta sus riñones... Hasta que las evoluciones de los bailarines me dejaron verlos con claridad: ella, Feli, en efecto, riendo a carcajadas, con esa sonrisa de dientes perfectos que tanto me gustaba, y él... ¡Él era mi tío Fede!

Di un bote en mi oscura esquina y quise fundirme en su negrura.

Ellos desde luego no me habían visto, bastante entretenidos estaban. ¡Porque se estaban besando!

«¿Pero qué hacen? ¡Por Dios, qué vergüenza! Que es mi tío Fede. ¿Pero cuántos años tiene? Pues alguno más que mi madre, cuarenta y tantos, ¿no?, y ahí está, magreándose con Feli. ¡Que ella tiene diecinueve años! ¿O no? ¡Que hoy mismo yo la he besado y me ha mandado a freír espárragos, ¡no te fastidia!»

Los pensamientos se me amontonaban unos sobre otros como en una *melé* de jugadores de rugby.

Me puse en pie, y sin poder evitar mirarlos, me dirigí, siempre entre las sombras, hacia la calle más cercana para salir corriendo.

La pareja me atraía como un imán. Imposible dejar de observarlos. Por un lado no quería ni verlos, y por otro, no podía apartar mi atención de ellos. El corazón me latía acelerado.

«¡Tío Fede!»

Ahora lo veía claro. Cuando ella venía a casa esos días de lluvia, no venía a verme a mí. Disimulaba con su corta visita a mi humilde persona, y luego, ¡claro!, bajaba y buscaba a Fede. Y aquella vez que me los encontré solos en la cocina, tan juntos, haciendo yo qué sé qué. Y las risas de ella, sus carcajadas cada vez que mi tío soltaba alguno de sus chistes... Y yo…, que la había besado esa tarde.

Antes de escurrirme por la calle y confundirme entre la algarabía que disfrutaba de las fiestas de verano, no pude dejar de echarles una última mirada. Seguían abrazados, juntos como dos lapas, moviéndose entre la gente como una pareja más.

Se me puso la carne de gallina y salí corriendo hacia casa.

Di un gran rodeo porque necesitaba andar y tranquilizarme un poco.

Cuando llegué a la Casa del Árbol, todavía me parecía irreal todo lo que había visto. Me acosté con la imagen de la pareja sobándose clavada en la retina.

A la mañana siguiente, cuando me crucé en la puerta del lavabo con mi tío Fede, pensé que mi mirada me traicionaría. Pero él se limitó a murmurar entre dientes un «Buenos días», y yo conseguí que me saliese una especie de «Hola», que a él le debió de parecer una palabra ininteligible que tradujo como el saludo de un cansado y medio dormido sobrino.

Luego me encontré con Alba y Feli y también me costó mantener una conversación medio coherente sobre si debíamos volver al *turó* o probar alguna otra cosa.

—A lo mejor se nos ha pasado algo por alto...

—¿Y qué se nos ha podido pasar? —atacó Feli—: ¿árboles?, ¿más árboles? Quizás... ¿más árboles? —se burló—. Si es que no hay nada que dé vértigo por ahí.

«Excepto mi vergüenza por haberla besado», pensé.

—Echemos un vistazo de nuevo al plano ese de Turismo —propuse al fin.

Alba sacó el mapa. Feli se acercó a mí para verlo con comodidad. Olía a algún perfume fresco y agradable. Me vino a la cabeza mi tío toqueteándola y me lo imaginé oliendo su cuello mientras la abrazaba. Me dio un escalofrío.

—¿Qué te pasa? —me preguntó Alba.

—No estoy muy fino —mentí—. A lo mejor he pillado frío en el bosque.

Feli me miró con lo que interpreté como una sonrisa de amistad y conmiseración. Me dieron ganas de gritarle: «¡¡Ya sé que te has liado con mi tíooo!!», pero en cambio me limité a poner cara de imbécil y dejar los ojos sobre el plano, como si fuese capaz de leer algo.

—A ver —lideró Alba—, repasemos todo. ¿Qué nos dice el poema? «Pasando el arco del monte pelado, por el camino del rojo azulejo, más allá del vértigo dulce y la extraña locura, sube hasta arriba y bajo las aguas»...

—Hemos pasado el arco —dijo Feli— y lo que debemos hacer es ¡seguir el camino del rojo azulejo!, para dejar atrás el «vértigo dulce»... ¿Qué narices hay exactamente si seguimos el camino del tejar ese?

—Lo que pasa —intervine yo— es que no sabemos qué camino es el del «rojo azulejo». El camino actual es el que lleva a la masía de la señora que nos ayudó, y que después conduce a la carretera. En la Edad Media vete a saber si existía ese camino, o si la *bòbila* se encontraba en otra ruta que iba en otra dirección.

—Bueno, partamos de esas dos hipótesis —intervino Alba—. Primero: que el camino es el mismo de hoy en día, por lo tanto seguimos por aquí —fue señalando con el dedo—. ¿Y qué nos encontramos entonces?

—El Turó de la Castellona —leí yo—. Y también... Veamos..., el *«Refugi de la Guerra Civil», «Can Canyet», «Can Pla», «Camp d'aviació», «Riera del Reclar»..., «Mines de Plom»,* un *«Suro catalogat»...*

—Y si el camino siguiese en la otra dirección; hacia allá —señaló—, entonces qué nos encontramos.

—Pues —seguí leyendo— *«Can Gener», «Bosc d'en Puig»,* la *«Font de l'Ambaixador»,* la *«Font d'en Dalmau»...*

—¡¡Espera, espera!! —gritó Feli—. ¿«*Font*» no es «fuente»?

Asentí con un gesto.

—Pues ya está, nos importa un pepino lo que sea el «vértigo», sólo hay que subir hasta arriba y después, «bajo las aguas»... A ver si una de esas fuentes, de esas «aguas», está en un alto, si lo está..., «en lo más profundo del fuego del infierno, se oculta el tesoro de la reina mora.»

—¡No es una mala idea! —exclamé—. Podemos saltarnos una pista y pasar directamente al agua. En este plano no se ven las alturas pero podemos echar un vistazo...

—Vale, chicos —dijo Alba—. Me parece genial lo de la fuente y las aguas. Pero recordad que ésa es sólo una de las hipótesis. No nos hemos de olvidar de la primera, la del *turó*, el *refugi* y…

—A ver, ya estamos otra vez. ¿El *refugi* este es un refugio?

Alba y yo asentimos de nuevo.

—Bueno, vale, pues traducidme todo, no sea que no me entere de algo. Que vosotros lo veis todo muy claro, pero yo estoy aprendiendo ahora catalán...

«Sí, ya. La mejor manera de aprender un idioma es liarse con un nativo. A saber qué te está enseñando mi tío además de catalán», pensé.

—*Refugi* es refugio —leyó Alba intentando pronunciar todo lo más claro posible— . Y *Can Canyet*, *Can Pla* deben de ser masías, ya sabes: casa Cañet, Casa Pla... *Camp d'aviació* pues es Campo de aviación. «*Riera del Reclar*», pues Torrente... del Reclaro, «*Mines de Plom*», Minas de plomo, un «*Suro catalogat*» es un alcornoque catalogado, o sea un árbol tan antiguo y tan grande que está especialmente protegido... Y *bosc* es bosque y *font*, fuente...

—O sea que en la Edad Media ese alcornoque podía estar ya allá.

—Pues sí, puede que sí, a saber «cómo de viejo»

es el árbol catalogado este del plano... Aunque claro, entonces sería un árbol normal, joven, quiero decir...

—¡Qué interesante! ¿No, Feli? ¡La de cosas que se pueden aprender de los viejos!

Fue una salida intempestiva que, de verdad, ni me pensé. Me salió tal cual, y según salieron las palabras de mi boca, me arrepentí y quise que me tragase la tierra.

Feli se me quedó mirando extrañada. Y Alba no me hizo el más mínimo caso, como si tan sólo fuese una tontería más de las muchas que yo era capaz de soltar.

—Quiero decir —intenté arreglarlo— que es impresionante pensar que ese árbol puede haber visto tantas cosas, la construcción de Sant Iscle, por ejemplo. Imaginaos que pudiese contarnos todo lo que ha vivido, ¿no sería interesante?

Las chicas no se dignaron en contestarme.

Afortunadamente Alba se apartó del tema de los «árboles viejos» para devolvernos a la realidad:

—Bueno, chicos, tenemos dos opciones. Por un lado, pasamos del «vértigo» y averiguamos si alguna de esas dos fuentes, la «*Font de l'Ambaixador*» o *la «Font d'en Dalmau*», están en algún lugar al que se pueda «subir». Y por otro lado, seguimos buscando el vértigo alrededor del *«Turó de la Castellona»,* del *«Refugi de la Guerra Civil», «Can Canyet», «Can Pla», «Camp d'aviació», «Riera del Reclar», «Mines de Plom»,* un *«Suro catalogat»...*

—Podemos pasar directamente del refugio y el campo de aviación, que son de la Guerra Civil y entonces no existían... Y de las masías…, pues… alguna puede que sea muy antigua, pero tanto como medieval…

—No lo descartemos.

—De acuerdo, no lo descartemos. Veamos si alguna de esas *Can* «lo que sea» están en lo alto o dan vértigo. Pero el *turó* sigue siendo nuestra mejor carta... Deberíamos volver a ver si algo se nos ha pasado por alto, ¿de acuerdo?

—¡De acuerdo!

Y así fue. Primero acordamos buscar las fuentes, que nos pareció más entretenido y novedoso. Y después, decidimos que si no encontrábamos nada, volveríamos al Turó de la Castellona, alias «del beso rechazado», y veríamos si alguna masía estaba a suficiente altura.

El día que exploramos las fuentes hacía un calor endemoniado. Volvimos a salir pronto, con las bicis, y ya a primera hora de la mañana un bochorno sofocante nos envolvió y nos dejó hechos unos seres sudorosos que, eso sí, día a día después de tanta bici, mostraban unos músculos en las piernas dignos de unos atletas.

De hecho recuerdo a Feli que le decía a Alba cuando llegamos al camino de las fuentes:

—¡Mira, Alba! Mira qué piernas se me están poniendo. ¿Están bien, no?

Y yo callaba como un idiota a la vista de esas curvilíneas pantorrillas bronceadas. Esa época me sentía así: muy idiota y muy callado. Sabía lo de mi tío y Feli. Y me lo callaba. La había intentado besar. Había creído que estaba por mí... ¡Idiota!

Hasta ese día nuestras andanzas por las montañas

habían resultado muy fáciles. Los caminos o bien estaban señalizados, o no lo estaban pero no había forma de perderse. Eran caminos y sendas que formaban parte de rutas más o menos transitadas, que con mayor o menor visibilidad apenas dejaban dudas a la hora de elegir un desvío u otro.

Y la ruta de las fuentes comenzó como la más fácil de todas; tanto que decidimos seguir por los caminos de las montañas en bici. No era tan complicado como los demás que habíamos recorrido esos días. Se trataba de una senda llana, ancha, muy amplia, sin piedras; en fin, la mar de cómoda para hacerla en bicicleta. De hecho al principio circulamos los tres en paralelo, charlando, sin más preocupaciones que mover un pie detrás de otro. Pero de improviso y por traición, el camino fue a morir en una especie de claro del que surgían tres sendas, a cual más estrecha y cubierta de vegetación.

Ninguna parecía más transitada que las otras.

Ninguna estaba señalizada, ni con carteles, ni con esas marcas de pintura que muchas veces te indican una ruta en la montaña.

Ninguna subía o bajaba.

Ninguna era mejor ni peor.

Así que ahí estábamos los tres, como pasmarotes, intentando decidir por dónde nos meteríamos.

—¿Qué? ¿Cuál es la buena? —pregunté.

—Ninguna, está claro. Nos hemos perdido. El camino que lleva a las fuentes debemos de haberlo dejado atrás —afirmó Feli.

—Yo creo que no... —dijo Alba bajando de la bici y explorando los alrededores.

—Hombre, si es que lo hemos dejado atrás, q... que nos ha parecido tan birrioso, y éste tan bueno, que lo hemos ignorado totalmente... —lancé la hipótesis al aire, como quien lanza un globo sonda.

—Ya...

Alba sacó del bolsillo el plano de las rutas que tanto nos había ayudado. Allí claramente había un solo camino, y yendo por él se encontraba una fuente, y muy cerca otra... Era un plano esquemático, pero estaba claro: un solo camino y dos fuentes.

Continuamos en silencio. Sólo se oía el ruido de los coches que pasaban por la lejana carretera. Y una chicharra excitada que con el calor había decidido ofrecernos un concierto.

—¿Y bien...?

Ninguno parecía dispuestos a tomar una decisión.

—Propongo algo —dijo Alba—: que cada uno tome un camino diferente. Nos damos un plazo, por ejemplo ¡una hora! Y volvemos. Y a ver qué ha encontrado cada uno.

—A mí no me apetece andar sola por el bosque.

—No hay peligro alguno, Feli. Ya lo has visto estos días. Esto no es un bosque como los de los cuentos. Esto es un bosquecillo, cruzado por una carretera, plagado de viviendas rurales y dominado por la civilización. Lo más que nos puede pasar es lo que te ocurrió a ti: que nos caigamos. Sólo hay que ir con cuidado y ¡ya está! Tampoco vamos a alejarnos tanto. Podemos gritar en caso de emergencia...

De pronto me vino a la cabeza el sonido de un grito terrible en el bosque. Me acordé de la «F» de la sesión espiritista. Me dio repelús. De nuevo Alba se salvaba. Pero yo era Fran, ¡con «F»! ¡Y tampoco me hacía ninguna gracia andar solo por el bosque!

Por supuesto me guardé muy mucho de decirlo, aunque pensase igual que la traidora de Feli.

—Separarse en un bosque no es lo más inteligente, la verdad. Pero esto ni es un bosque ni nada. Sólo es una hora. ¿Qué puede pasarnos? ¡Nada! ¿Estáis de acuerdo?

—Bueeeno —rezongó Feli.

—Por mí, no hay problema —mentí.

—Elegid vosotros el camino. A mí me da igual.

—¿Cuál prefieres tú? —pregunté a Feli.

Dudó un momento antes de contestar.

—Éste, el del centro.

—Pues yo me quedo con la izquierda.

—¡No se hable más! Atentos: andamos una hora, y si no encontramos nada, ¡nos damos la vuelta! ¿Entendido? Si el camino es peligroso, nada de arriesgarse, damos marcha atrás...

—No pienso arriesgarme, gracias. No hacía falta que lo dijeras.

Dejamos allí las bicis y cada uno tomamos nuestro camino. El mío resultó un estrecho y sinuoso sendero, que más bien parecía una ruta de cabras. Yo diría que ningún humano se había internado por allí desde hacía años. Las lluvias habían arrastrado grandes cantidades de hojas y agujas de pinos que habían creado sobre el suelo alfombras resbaladizas que hacían más que difícil dar un paso sin caerse. Probablemente el follaje tapaba grietas y agujeros que ahora quedaban ocultos.

El camino avanzaba subiendo por la colina, eso sí. Y cuando miré el reloj y vi que ya había pasado casi una hora, me quedé alucinado. El tiempo se me había pasado volando: había ascendido bastante por un camino asqueroso y no había encontrado nada, ¡nada! Absolutamente nada que valiese la pena reseñar. Ascendí algo más y después me di la vuelta.

Bajar resultó aún más complicado que subir, porque era mucho más fácil resbalarse. Pero finalmente, con maña, conseguí volver sano y salvo al claro en el que habíamos dejado las bicis.

Allí me esperaban Feli y Alba.

Yo estaba sudado, cansado, ¡hecho polvo! Las dos parecían tan panchas. Charlaban tranquilamente como si no hubiesen andado ni un paso.

—¡Hola, Fran! ¡Ya era hora!

«¡No te fastidia!», pensé.

—Pero... ¿y vosotras? —debía de parecer desconcertado.

—Las fuentes están ahí al lado —explicó Feli—. No he tenido que andar más que, no sé, quince minutos y ya he llegado. Hace un buen rato que he vuelto.

Por eso estaba tan pancha, allí esperando sentadita a la sombra.

—Mi camino era casi impracticable... —dijo Alba—. A los diez minutos me he rendido y me he dado la vuelta. Por ahí no podía ser... No se iba a ninguna parte. Y menos a algún sitio que dé vértigo.

Suspiré.

—Mi camino era también bastante impracticable —le copié la palabreja—, pero he trepado como una cabra y después de una hora conseguí llegar... a ninguna parte.

No apreciaron la fina ironía de mis palabras.

—Venga, vamos a comer a las fuentes. Es un sitio bastante bonito —sugirió Feli.

Nos internamos por la senda central, la que le había tocado en suerte, que después de un inicio un poco complicado se convirtió en un camino casi tan ancho y sencillo como por el que habíamos venido en bici.

Cuando ahora rememoro aquel último verano en la Casa del Árbol, uno de los momentos más agradables y felices que acude a mi memoria es el de aquella tarde en las fuentes. Fue algo sencillo, que no habíamos planeado, y precisamente por eso se convirtió en un momento especial. La conversación después de la comida, igual que el agua de los manantiales, encontró su camino natural entre las rocas; y la placidez y la paz de aquella tarde convirtieron aquel día en el arquetipo de lo que fueron todos los veranos en la Casa del Árbol: algo resplandeciente y sencillo, que después nunca ha vuelto a repetirse.

No hablamos de nada en particular, reímos y simplemente nos dejamos acariciar por la frescura del agua y de la brisa.

Una de las fuentes era un rústico pilón de roca y el agua surgía de un caño de piedra. La otra no era más que un chorrillo, un manantial que nacía de la montaña. La tierra, yerma y seca en casi todos los recorridos que habíamos hecho, cambiaba allí para volverse más fértil, húmeda y oscura. El musgo invadía los rincones más sombríos. Y olía a humus y a bosque primordial.

El sonido del agua nos acompañaba con una agradable melodía.

Acabamos metiendo los pies y la cabeza en la fuente. Las dos chicas, con la melena mojada, empaparon sus camisetas que después, por cierto, se empeñaron en pegarse a sus cuerpos.

Cuando ya tarde decidimos regresar y volvimos a pasar por el claro del que surgían los tres senderos, me entró una duda de tipo paranoico: ¿y si el camino de Alba llevaba a algún lugar que sí que tenía que ver con el «vértigo dulce» pero me lo estaba, o nos lo estaba, ocultando?... ¿Y si se guardaba alguna información interesante para ella sola para quedarse con el tesoro?...

—¿Cómo dices que era tu camino? —le pregunté fingiendo inocencia.

—Un asquito. No había quien llegase a ningún lado. Nada de nada —casi lo escupió mientras se subía a la bicicleta.

Su desgana al decirlo y su naturalidad me dejaron tranquilo. O era la mejor actriz del mundo merecedora de un Óscar, o es que decía la verdad. Y, desde luego, había más posibilidades de lo segundo, que de lo primero.

—¿Y el tuyo? —me interrogó de improviso—. ¿Cómo era tu camino?

Y la cara con que me lo dijo era tal, que no pude evitar reírme. Porque como si le hubiese leído el pensamiento, me di cuenta de que ahora era ella la que desconfiaba de mí.

—El mío era una senda que no merece ni ese nombre. Yo creo que ni una cabra hubiese conseguido llegar más allá de donde yo lo hice... y ni conducía a un alto, ni se sentía vértigo, ni nada —le busqué los ojos—. Te lo aseguro.

Ella sonrió también.

Aquella tarde llegamos agotados a la Casa del Árbol.

Cuando me dormí no sabía que terminaba un día perfecto que con los años refulgiría entre todos los recuerdos del verano con la fuerza de una estrella en la noche.

Después de aquella excursión abandonamos la hipótesis de que el «vértigo dulce» se encontrase en el camino de las fuentes. Así que volvimos nuestros ojos hacia la otra posibilidad: que el «vértigo dulce y la extraña locura» se encontrase por el Turó de la Castellona: el «Refugi de la Guerra Civil», «Can Canyet», «Can Pla», el «Camp d'aviació», la «Riera del Reclar», las «Mines de Plom» o el «Suro catalogat».

Como habíamos decidido, volvimos un par de días más tarde. Queríamos simplemente dar unas cuantas vueltas por la zona en busca de ¡vete a saber qué! Y sobre todo pensábamos echar un vistazo a la cima de la colina para encontrar alguna zona desde la que se pudiese contemplar el paisaje desde una cierta altura. Nos propusimos llegar hasta lo más alto aunque no hubiese un camino o senda actual que condujese allí.

Y eso hicimos: regresamos al *turó*. Me sentí algo extraño cuando pasamos de nuevo por el sitio en el que había besado a Feli.

En esta ocasión nos demoramos mucho más en la cima. Después de divagar por aquí, por allá y por acullá; por caminos, por el bosque, por sendas que ni merecían el nombre de «sendas»…, después de subirnos a cuanta roca encontramos, que incluso yo me encaramé a un árbol para intentar tener una cierta perspectiva...; en fin, después de dar más vueltas que un tonto, al final… Al final nos rendimos por puro agotamiento.

—Quizás estamos siguiendo una pista equivocada desde el principio; quizás «el camino del rojo azulejo» no es el del tejar —aventuró Alba.

—O quizás el arco de la puerta del castillo no sea «el arco del monte pelado» —remató Feli.

—Quizás... —no tuve más remedio que admitir.

—Pues vaya mierda… —terminó por decir Feli desolada.

—No puede ser —le cortó Alba—. Algo se nos ha debido de pasar por alto...

Al volver del *turó* nos esperaba una cena especial: una competición culinaria. Mi abuela Flor y su amiga y vecina Montse rivalizaban en la creación de una paella perfecta. La una presumía de haber aprendido de un cocinero prestigioso; la otra alegaba que sus antepasados valencianos la hacían acreedora de una receta de una auténtica paella-paella. Nosotros deberíamos actuar de jueces en aquella pugna vecinal. Se acordó que la perdedora debería invitar al postre del día siguiente. Y tendría que ser un postre estupendo, claro.

Mientras Visi ponía la mesa, no se me escapó que

Feli hizo todo lo posible para sentarse al lado de mi tío Fede.

—¿Habéis encontrado algo interesante? —le interrogó mi tío.

—Nada —contesté yo, como si su pregunta se hubiese dirigido a mí.

—¡Pero es que nada de nada! —remató Feli.

—Es como si nos hubiésemos estancado en una serie de pistas falsas —explicó Alba.

—Desde que llegamos al «vértigo», nos hemos atascado y no hemos avanzado más —rematé.

Mi abuelo Ricard se revolvió ansioso en su asiento.

—Recordad que es un «vértigo dulce» —nos dijo—. Y que va unido a una «extraña locura».

Es curioso. Lo de «dulce» no lo habíamos tenido en cuenta. Estábamos tan centrados en lo del «vértigo», que no habíamos hecho ningún caso al adjetivo «dulce».

—Un «vértigo dulce» —repetí, y paladeé las palabras como si las pronunciase por primera vez.

Y entonces, al escucharlas de mis propios labios, me dio la impresión de que el vértigo no era causado por una altura, sino que era un mareo, una metáfora, otra cosa, como, como…

—¿No se os ha ocurrido que puede que el vértigo no lo produzca un lugar alto? —casi me quitó las palabras de la boca—. Es un «vértigo dulce, una extraña locura» —tanteó el tío Fede.

«¿Qué otra cosa puede causarlos?», pensé.

—«El vértigo dulce y la extraña locura» —repitió Alba.

—¡¡El amor!! —grité.

Alba se me quedó mirando sorprendida por el arranque intempestivo.

—¡El amor produce vértigos, y es dulce, y es loco! Tan loco como, como… ¡¡el que no entiende de edad!!, ¿no?

Mi simple razonamiento dejó pálido al tío Fede. Feli también se quedó callada como una muerta.

Sólo Alba reaccionó con naturalidad.

—Pues es verdad. El amor o algo así. Seguro... ¿Pero dónde queda el amor en esta zona? —y Alba sacó de nuevo el mapa del bolsillo para examinarlo con atención.

El tío Fede intentó taladrarme con la mirada, pero me di cuenta de que había sobrevivido a ella cuando empecé a farfullar:

—Sí, eso, el amor u otra cosa parecida... Otra cosa, otro sentimiento que produzca eso. Sí, algo así...

Me levanté para refugiarme en la cocina, pero no fue una buena estrategia. Fede se levantó rápido como un tifón y me siguió hasta acorralarme entre la nevera y la puerta.

—¿Qué sabes? —me preguntó en un tono de voz muy bajo que me dio más mala espina que si me gritase a todo pulmón.

Me hice el loco:

—¿Qué sé de qué?

Mi tío se puso serio de pronto.

—Escucha, Fran —susurró entre dientes—, te conozco casi, casi, como si te hubiese parido yo mismo y no mi hermana. Así que te repito: ¿qué sabes?

Ahora no podía escurrirme ni salirme por la tangente. Estaba atrapado. Tan atrapado como las moscas y las avispas cazadas por mi abuela.

Intenté enfrentarme a su mirada. Y entonces, claro, me derrumbé.

—Os vi juntos en las fiestas…, en la plaza.

—Ya —dijo en un susurro.

Y lo supe en cuanto observé su mirada, lo supe entonces. Supe que era yo ahora quien tenía el poder sobre él. Que si yo hablaba, la ira de la familia caería sobre mi tío Fede. Supe que lo tenía en mis manos. Que se armaría la de «Dios es Cristo» si se descubría que este cuarentón se había liado con una jovencita de diecinueve años.

Pero en su mirada también descubrí lo más importante: que la quería. Supe que el irónico, duro, cascarrabias y eterno soltero de mi tío estaba irremediablemente enamorado de Feli.

—No diré nada —le dije—. Te lo prometo.

Fede suspiró.

—Fran..., eres muy joven para entenderlo...

—Lo entiendo.

¡Como no iba a entenderlo! Feli volvía loco a cualquiera.

—No, escucha. La quiero de verdad... Creo —y remarcó ese «creo»— que la quiero de verdad... Y por eso sólo necesito tiempo. Por favor, dame tiempo. Guárdanos el secreto para que yo, para que... aclare mis sentimientos...

—Te lo prometo, Fede. Tienes mi palabra —y llevado por un extraño ramalazo de caballero le ofrecí mi mano.

Él la estrechó con fuerza y a mí me dio la impresión de que se aferraba a ella como a un salvavidas en un mar de tormenta.

Y aunque han pasado muchos años desde entonces, os aseguro que no he podido borrar de mi memoria su sonrisa: una sonrisa sincera y agradecida iluminada por una mirada que yo nunca había visto en el tío Fede.

A partir de ese momento, encontré a mi tío diferente; lo consideré… más «humano», si queréis. Porque el que había sido frío y cínico, por ciencia y arte de una sonrisa y una mirada, me descubrió que era tan humano como todos nosotros, y lo peor, que había caído en las redes de una chica preciosa, que tenía veinte años menos que él, y que, por lo que parecía, él era el primero en no acabar de creérselo del todo y que tenía miedo. Miedo a que yo hablase, miedo, tal vez, a lo que había descubierto en su propio corazón.

El concurso de paellas lo ganó Montse. Y la noche terminó con una discusión sobre si las paellas de marisco eran realmente paellas u otra cosa. Como si se tratase de una lección magistral, se hizo un repaso a todos los ingredientes que habíamos encontrado en las paellas catadas a lo largo y ancho del mundo, y cuando llegamos al marisco, la conversación derivó hacia las mayores delicias gastronómicas según los gustos de los presentes. Que si las langostas «no son para tanto», que si «a mí el marisco no me va», que «lo más sabroso que he probado yo en mi vida es un jamón de pata negra», «pues yo unas simples verduras después de una semana sin comer por una gastritis»…

—A mí que no me quiten los percebes, ¡ay, unos percebitos bien frescos!.. —dijo Fidel, y a mí me entró miedo a que aprovechase la coyuntura para soltarnos las batallitas de su estancia en La Coruña con la mili.

—Lo que pasa con el marisco y con algunos pescados —explicó Montse— es que chupan toda la porquería del mar.

—¿La contaminación? —preguntó con aire inocente mi abuela Flor.

—La contaminación por metales pesados —aclaró Ricard—. Tengo entendido que hay pescados que, no sé bien por qué, acumulan en su organismo determinados metales. El pez espada, por ejemplo. Parece que hoy en día, los niveles de mercurio que se pueden encontrar en un ejemplar pueden resultar dañinos.

—Bueno, ¡no nos iremos a morir por comernos un pez espada! —sentenció el tío Fede—. ¡Si tuviésemos que mirar cada cosa que comemos! Seguro que ya estamos inmunizados contra todo...

—A saber lo que nos metemos en el cuerpo...

Creo que el subconsciente es mucho más listo que el cerebro consciente. Y supongo que al oír lo del «mercurio» o los «metales pesados», se debió de encender una diminuta lucecilla en mi interior. Y allí se quedó, perdida en mi cabeza. Esperando prender la neurona adecuada.

—Mírate tú la lista de ingredientes de cualquier alimento, que si el E-350, el E-603... ¿Qué es esa «E» que nos metemos en el cuerpo? ¿Y qué efectos produce? —preguntó Montse.

—¡Ah! Lo de los efectos lo tengo yo claro. Los

espermatozoides la palman... ¿No lo habéis oído? Los hombres de hace cuarenta años tenían tropecientos millones de espermatozoides más que los de hoy en día... —comentó Fidel con aire conspirador.

—Eso es por los pesticidas —aclaró mi abuelo Ricard.

—Ya, y por el aire que respiramos —remató mi abuela—. El medio ambiente se ha ido cargando de elementos químicos y metales, ¡y menos mal que inventaron la gasolina sin plomo!

La diminuta lucecita en el interior de mi cerebro alumbró la neurona que buscaba. Se tuvo que hacer entonces alguna conexión, pero mi consciente era demasiado lerdo como para darse cuenta. Todavía.

—¿Os habéis fijado en lo sucia que queda la piel en la ciudad? —intervino la tía Visi—. Si te pasas un simple algodón por la cara, ¡se queda negro! Aquí, en el campo, no pasa lo mismo... ¡Haced la prueba, ya veréis!

—Me encanta respirar este aire puro del campo —dijo mi abuela—. Huele a la noche. ¿No oléis la noche?

Alguien había cortado el césped, quizás alguno de los vecinos, y el olor de la hierba cortada se mezclaba con el de las flores que a esas horas decidían impregnarlo todo con su aroma.

—Tendríamos que plantar jazmines.

Todos inspiramos el aire de la noche.

Podía haber sido la noche de cualquier verano en la Casa del Árbol.

Nadie podía imaginarse entonces que sería la última.

Mi última noche en la Casa del Árbol olía a césped recién cortado, a hinojo y a las sobras de la paella. Estaba coloreada por las difusas luces del porche que nos convertían en sombras que se confundían en la oscuridad. Sonaba a risas, a voces que se pisaban las unas a las otras.

A veces pienso que aquella última noche se encuentra atrapada en un espacio sin tiempo, que una parte de mí y de los que estuvimos allí sigue discutiendo sobre temas absurdos, respirando el aire limpio de la noche, riendo. Pienso que seguimos allí. Como fantasmas eternamente atados a la Casa del Árbol.

El auténtico tesoro

Esa lucecilla en el interior de mi subconsciente estuvo incubando toda la noche. Supongo que intentaba decir a mi dura mollera consciente lo que había descubierto. Y lo hacía en su propio lenguaje: el de los sueños.

Aquella noche soñé con *Alicia en el País de las Maravillas*. Era yo el que caía por un agujero y llegaba a un lugar en el que un conejo blanco, mucho más aterrador que el que yo conocía de la película de Walt Disney, me mostraba un mundo surrealista y terrible. Allí estaba la Reina de Corazones dispuesta a cortar cuanta cabeza se le pusiese por delante, la morsa come ostras... Y sobre todos ellos, con un papel protagonista indiscutible, estaba el aterrador Sombrerero Loco.

En mi sueño era un tipo cadavérico que podría haberse confundido con la Muerte en persona. Llevaba una vieja chistera, y era él quien me arrastraba hacia un mundo oscuro que más que de las maravillas era «de las pesadillas».

Me desperté con el corazón desbocado, convencido

de que los ojos vacíos y muertos del Sombrerero Loco aún me perseguían.

Y en esos primeros minutos en los que la realidad y los sueños se confunden todavía en la mente abotargada, me pareció que la garra del Sombrerero continuaba clavada en mi muñeca.

Me incorporé en la cama. La luz vaga era la del amanecer. Debía de ser muy pronto. La realidad del nuevo día poco a poco penetró en mi consciente.

Suspiré de alivio al constatar que sólo había sido un sueño.

El Sombrerero Loco.

Hacía tiempo había visto en la tele un reportaje muy curioso. Lo del Sombrerero Loco no era un delirio de Lewis Carroll, el creador de *Alicia*. Es que antiguamente ser sombrerero era una profesión de riesgo que podía llevarte a la locura; hasta el punto de que se decía «estar loco como un sombrerero». ¿Y por qué? La culpa la tenían las chisteras, sí, esos sombreros de copa que debían brillar a toda costa. Incluso a costa de la cordura de los sombrereros. Porque para pulir y dar brillo a los sombreros de fieltro, a las chisteras sobre todo, se usaba mercurio: un metal pesado muy venenoso y contaminante. El mercurio, al ser respirado por el sombrerero, día tras día, se iba alojando en su cerebro. De manera que terminaba intoxicado. Las neuronas dejaban de funcionar como debían. Los sombrereros —locos— terminaban convirtiéndose en las víctimas del mercurio.

Mercurio. Plomo. ¿Qué efectos tendría una intoxicación por plomo? ¿Vértigos? ¿Locura? ¿Un «dulce vértigo» y una «extraña locura»? ¿Y qué teníamos en el camino del *turó?* ¡¡Unas minas de plomo!! ¿Y quién sabe qué efectos habrían sufrido los antiguos mineros? Seguramente «vértigos» y «locura».

El corazón volvió a latirme desordenado en cuanto me di cuenta.

¡La clave estaba en las minas de plomo!

Salí como una exhalación de la cama. Era muy temprano pero no podía permanecer acostado ahora que sabía dónde teníamos que continuar buscando.

Me iba a vestir cuando me pareció oír unos susurros en la escalera. Pensé que era la voz ronca de mi tío Fede. Me asomé tal cual estaba —en calzoncillos— al hueco de la escalera.

En efecto, era mi tío. Avancé unos pasos para enterarme de lo que pasaba.

Allí estaban Fede y Visi. Susurrando al amanecer.

Debí de hacer algún ruido porque se volvieron hacia mí y me descubrieron asomado a la barandilla.

—¡Fran!

Mi tío Fede se veía descompuesto. La tía Visi tenía los ojos brillantes, como si hubiese llorado.

—La abuela está en el hospital, tu madre y Ricard se la han llevado hace un rato —me dijo sin darme tiempo a reaccionar—. La abuela está muy mal, Fran...

Yo estaba descalzo. El suelo era frío como el hielo.

Hay cosas que pasan así. De golpe y sin avisar. Me duché y me vestí despacio. No teníamos mucha más información que esa: que mi abuela Flor se había encontrado mal por la noche. Y que mi abuelo y mi madre se la habían llevado a urgencias.

Todos anduvimos aquellas primeras horas de la mañana como zombis por la casa iluminada con la fantasmal luz del amanecer. Desayunamos sin ganas y nos arrastramos de un lado para otro esperando noticias. A las ocho o así nos llamó mi madre: a la abuela la mandaban a un hospital de Barcelona. Estaba muy mal.

En la cocina Fede me dijo que teníamos que ir a Barcelona. Todos. Inmediatamente. La ventana que nunca cerró bien estaba abierta de par en par. La luz de la mañana iluminaba los platos sin fregar de la pila.

—Un momento, tío. Yo prefiero quedarme con Alba y Feli. ¡Ya sé adónde nos lleva la siguiente pista! ¡A las minas de plomo!

Mi tío me miró con lo que me pareció lástima.

—No, Fran. Nos volvemos todos a Barcelona.

—Pero... ¡El tesoro está más cerca que nunca!

—La abuela se está muriendo, Fran.

Bajé la cabeza. Lo entendía perfectamente, pero…

—¡¡Tengo que hablar con Alba y Feli!! Al menos ellas podrán seguir buscando...

—No vale la pena —me dijo rendido.

Su mirada era triste. De nuevo tenía ante mí al Fede que no había llegado a conocer, el que había entrevisto cuando lo descubrí enamorado de Feli.

—No vale la pena —repitió.

Me planté.

—¡Pero, pero...! No tardaré nada, déjame ir a verlas…

El tío Fede era alto. Y fuerte. Me cogió por el brazo y lo apretó con firmeza.

—Escucha, Fran —me dijo entre dientes en lo que no supe distinguir si era el tono de una amenaza o el que se reserva para desvelar un secreto—. Te debo una, sobrino —y sus pupilas buscaron las mías—. Gracias por tu silencio... A cambio te diré algo importante.

Me quedé de piedra. ¿Qué narices podía decirme mi tío con ese ánimo conspirador y triste?

—No hay tesoro, Fran. No existe ningún tesoro.

Si me lo hubiese dicho otro cualquiera no le hubiese creído, pero era mi tío Federico, con un gesto que yo no le había visto nunca. Su dura y fría mirada era ahora transparente.

—¿Cómo que no hay ningún tesoro? —inquirí—. ¿Y el plano?, ¿y el poema?

No entendía nada.

—Todo es falso…

Mi rostro debió de expresar lo que era incapaz de decir con palabras: la más pura incomprensión.

—Es un montaje —continuó muy serio—, un entretenimiento que crearon tus abuelos. No me hace ninguna gracia decírtelo yo, pero te aseguro que no vale la pena quedarse ni decir nada a nadie. Tú te vienes con nosotros al hospital ahora mismo.

El silencio fue mi única respuesta. Sólo cuando salimos de la cocina fui capaz de reaccionar y preguntarle:

—Pero... ¿por qué? ¿Qué...? ¡No puede ser!

—Yo no te voy a dar más explicaciones. Pídeselas a quien corresponda.

Cuando salí de la Casa del Árbol en el coche de mis tíos no eché ni una mirada atrás.

No podía imaginarme que era la última vez que la veía.

Tuve tiempo para pensar durante todo el regreso a Barcelona. Pensé en que fue precisamente Ricard quien encontró el pergamino, y que podía haberlo llevado en el bolsillo antes de que Fidel se cayese en el pozo. Y cuando mi abuelo se metió dentro, pudo simplemente decir que lo había hallado allí. Me acordé del misterioso experto que nunca habíamos visto ni oído; tan sólo habíamos trabajado con su supuesta traducción, la que nos proporcionó mi abuelo. Apenas habíamos tocado el pergamino original, siempre habíamos trajinado con fotocopias. Esa piel tan suave bien podría ser moderna, ensuciada y envejecida a propósito, y desde luego, nosotros no éramos capaces de distinguirla de una auténtica antigüedad.

Y lo más raro de todo era que después nos hubiesen dejados a nosotros, a los tres jóvenes, buscar solos el tesoro. Si fuese un tesoro de verdad, se hubiesen echado encima de él... ¡Entonces me di cuenta de que al principio estaban todos tan impresionados con el mapa como nosotros! Pero después... Después simplemente nos dejaron hacer.

También me dio tiempo a pensar en lo preocupado que estaba Ricard el día que Feli se cayó. Seguramente se sentía culpable: ¿y si nos pasaba algo por su culpa?, ¿por dejarnos triscar por los montes en busca de un tesoro inexistente?

Sin embargo, lo que no pude quitarme de la cabeza durante todo el recorrido fueron las preguntas que volvían a mí una y otra vez: ¿por qué?, ¿para qué montar todo esto?

Cuando llegamos al hospital no pude salir de dudas tan pronto como hubiese querido. Quedaban demasiadas preguntas en el aire, pero no era el momento de nada. Andábamos pendientes de esperar a un doctor que nos diría cómo estaba mi abuela, a la que en ese momento nadie podía ver. La prioridad era Flor, y nadie, excepto yo, parecía acordarse del tesoro de la reina mora, que, por lo que parecía, no era tesoro ni nada.

Por eso, no fue hasta la noche, después de ir a casa, volver, traer cosas, llevármelas…, cuando me quedé a solas con Ricard.

Estábamos en la cafetería del hospital y a aquellas horas intempestivas apenas había gente. Cenamos en un silencio casi completo. Mi abuelo estaba destrozado. Nunca lo había visto así: ojeroso, pálido… Me parecía tremendamente frágil, cuando él siempre había sido un ejemplo de fortaleza.

Por primera vez veía a mi abuelo como a un anciano.

Tuve que pensármelo mucho, hasta que me decidí a hablar.

Casi no me atrevía a decírselo.

Por fin, cuando él se tomaba un café descafeinado y yo daba vueltas al yogur que me había pedido de postre, me decidí.

—Ricard… —le dije sacando valor de no sabía

bien dónde—, Fede me ha contado que no hay ningún tesoro... Que todo te lo has inventado tú —la voz me salió rota, como si cada palabra se hubiese resistido a ser pronunciada.

El anciano que ahora era mi abuelo levantó la mirada brillante y sorprendentemente se iluminó.

—Ha estado bien, ¿verdad?

—¡¡Cómo que ha estado bien!! —me enfadé—. ¿Por qué lo hiciste?

Se rió abiertamente y por un momento asomó el Ricard de siempre, el que yo conocía.

—No fui yo, Fran. Fue tu abuela.

¡Mi abuela! ¡Flor! No me lo podía creer, pero si ella era lo más alejado de un conspirador que pueda imaginarse.

—Pero, pero ¿por qué? ¡No entiendo nada! ¡Cada vez entiendo menos! ¿Por qué habéis jugado con nosotros?

Ricard suspiró.

—Es por Alba...

Ahora todavía alucinaba más.

—¡¡Alba!! ¿Qué tiene ella que ver? ¿También está implicada? Pero si ha estado buscando con nosotros tanto como...

—No, no —me interrumpió él—. Ella no sabe nada... Pero fue por ella por lo que a tu abuela se le ocurrió todo, ¡todo esto!

Mi cara mostraba tal incomprensión que se vio obligado a explicar:

—Tu abuela siempre ha estado convencida de que Alba y tu sois la pareja perfecta. Desde que erais pequeños, desde que jugabais en nuestro jardín y tú apenas andabas… Siempre lo ha dicho. Ya sabes cómo es —su mirada se entristeció en este punto—. Flor siempre ha dicho que sois almas gemelas, que en otra vida ya estuvisteis unidos y que no hace falta ni siquiera tener su sensibilidad especial para darse cuenta de ello. Bueno, la verdad es que a mí me parece que hacéis buena pareja, pero de ahí a lo de las almas gemelas…

Ricard dio un sorbo a su café y continuó explicándome.

—La cuestión es que cuando este verano viniste, y te pasabas la vida viendo la tele, y sin hacer nada de caso a Alba…, ella…, ella…

Ricard se rompió en ese momento. Sus ojos se llenaron de unas lágrimas que no dejó salir. Yo me quedé paralizado, sin saber qué hacer al ver a mi abuelo casi llorando frente a mí.

—Ella y yo sabemos desde mayo que estaba enferma. Mucho. Tanto que ya no se podía hacer nada: cáncer de colon, ¿sabes? Le dijeron que era cuestión de tiempo… Fue un *shock*. Nos costó tanto aceptarlo... —una lágrima solitaria acabó resbalando por su mejilla—. Ella decidió no decírselo a nadie. ¡A nadie! Ni a tu madre, ni a Fede… Sólo lo sabíamos Flor y yo. Ella quería vivir este verano, que seguramente sería su último verano, como si fuese cualquier otro. No quería veros a su alrededor tratándola con la lástima que se puede reservar para un enfermo terminal… Quería que fuese ¡un simple verano más!

El abuelo Ricard sacó un pañuelo y se sonó. Yo

seguía contemplándolo en silencio, con la cucharilla del yogur aún apretada en la mano.

—Por eso, cuando te vio encerrado en la buhardilla leyendo, aburrido, sin hacer caso de Alba..., pues decidió que tenía que hacer algo, y ésa fue la única manera que se le ocurrió para que estuvieseis juntos. Conspiramos a tus espaldas: ella pensó que la solución perfecta para que os enamoraseis sería que vivieseis juntos una aventura. Una aventura de verdad. Y la mejor aventura que se nos ocurrió fue la de la búsqueda de un tesoro.

Ricard pareció salir de su tristeza.

—Ay, Fran, tardamos casi una semana en prepararlo todo. ¡Y lo pasamos tan bien! —sonrió de nuevo, con la misma energía de siempre—. Tendrías que haberla visto a ella, esa semana y las demás, las que buscabais el tesoro. Estaba feliz. Radiante. Había recuperado las fuerzas que había ido perdiendo en los últimos meses...

Yo me di cuenta de que había apretado tanto la cucharilla que me dolía la mano.

—Disfrutamos tanto buscando las pistas... Buscamos mapas en Llagostera y en Vidreres, recorrimos un montón de caminos; en coche, caminando siempre que podíamos... Luego creamos el poema. Nos inventamos lo del catalán antiguo, lo del experto de Girona... Lo pasó tan bien, Fran. ¡Lo pasó tan bien! —repitió—. Y por último hicimos el pergamino. Lo envejecimos sumergiéndolo en té, y luego lo dejamos secar, lo restregamos por el suelo, lo planchamos y lo arrugamos una y mil veces... Tenías que haberla visto. Y siempre ocultándonos de ti. Conspirando...

—Pero si yo no me enteraba de nada.

—Ya lo sé, Fran, hijo, ya lo sé... Fue de lo más divertido, te lo aseguro. De hecho ¡se nos ocurrieron muchas otras cosas! Por ejemplo, hicimos coincidir las pistas con…

—¿Sabéis lo que habéis hecho sin daros cuenta? —le interrumpí—. Es un juego de rol; un juego de rol en vivo. Yo he jugado otras veces, pero, claro, siempre sabía que estaba jugando. Que no era real. Pero ahora, este verano, ¡me habéis engañado!

Al decirlo me di cuenta de que se me había pasado el enfado. No podía más que reírme. ¿No me lo había pasado de miedo buscando el tesoro? ¡Claro que sí! ¿No se había convertido éste en el verano más emocionante de toda mi vida? ¡Pues claro que sí!

—¡Me habéis engañado! —repetí ahora sonriendo—. Y... —me atreví a preguntar— ¿cuál era el tesoro?, ¿qué es lo que hubiésemos encontrado?

—Ay, Fran, eso es lo mejor…, o lo peor de todo, según lo mires. Nunca llegamos a decidirlo. No nos poníamos de acuerdo. Flor quería esconder una joya, algo que pudieses regalar a Alba. Pero, claro, a mí no me parecía bien. ¿Y si no acababais juntos?... Así que lo dejamos correr. Decidimos que si conseguíais descubrir todas las claves del poema y si además os enamoraseis, lo que a mí, la verdad —en este punto me miró fijamente a los ojos—, siempre me ha parecido difícil…, decidimos que entonces ya pensaríamos en algo especial.

—¡No me lo puedo creer aún! ¡Cómo me habéis engañado! ¡Todos!

Nos reímos juntos a carcajadas. A él se le saltaron las lágrimas. Ahora lloraba de risa.

—¿Sabes lo que no planeamos, Fran? —me dijo secándose con el dorso de la mano—. Que la codicia de todos complicaría tanto las cosas. La tía Visi y Fidel, Joan y Montse, Fede, ¡incluso tu madre! ¡Estaban tan emocionados como tú! Querían encontrar el tesoro, y claro, ellos no tenían que intervenir en la aventura. Tenía que ser una cosa entre Alba y tú.

—Y Feli —dije tímidamente.

—Bueno, ella era puramente circunstancial.

No le contesté lo mucho que me hubiese gustado que ella dejase de ser «circunstancial».

—Por eso se lo tuvimos que decir. Fue el día que, precisamente, Feli se cayó en el monte. Flor os mandó a vosotros a investigar, sin que se enterasen los demás, y entonces, cuando os fuisteis, se lo dijimos. Al principio se mostraron un poco desconcertados, pero luego..., ¡luego nos siguieron el juego y se convirtieron en aliados! Vaya, ibais averiguando todo muy bien...

—Hasta la mina de plomo...

—¡Por fin lo has deducido! Esto sí que os ha costado, caramba. Ayer sacamos la conversación del plomo y la contaminación a ver si os inspiraba...

—Soy un poco duro de mollera. Necesitaba más información.

—Ay, Fran, hijo mío... No tengo más que darte las gracias. No te puedes imaginar lo feliz que nos has hecho... No te puedes imaginar lo feliz que has hecho a tu abuela este último verano.

La abuela Flor pasó tres días ingresada y murió. Los médicos no podían creerse que hubiese llegado en tan buenas condiciones hasta el final. Ricard siempre dijo que era porque fue feliz, tan feliz, que su cuerpo hizo lo posible por seguir adelante hasta que ya se apagó, no pudo más.

Flor murió. Flor. Con «F».

Ricard me contó que a mi abuela le sentó fatal que un espíritu traicionase su secreto. Ella que siempre decía que los espíritus no pueden conocer el futuro, sólo el pasado porque lo leen en las mentes de los vivos. Y esos días de verano, siempre estaba su propia muerte presente en su cabeza... Por eso sopló aquel vaso con rabia, por eso no quiso volver a hacer ninguna sesión. Se sentía traicionada por sus espíritus.

La abuela Flor murió. Y mi abuelo Ricard se fue apagando poco a poco.

Sin ella le faltaba la energía para seguir viviendo. Estaba bien de salud, sí. Pero no era el mismo. Se dejó llevar por la rutina de una vida sin sentido. Estaba cansado. Se convirtió en un anciano. Yo iba a verlo de vez en cuando, pero nunca más fue el mismo de aquel verano. El de antes de la muerte de Flor.

¿Y sabéis qué? Yo siempre dije que me llevaba fenomenal con mi abuelo, que nos entendíamos a la perfección. Y así era. Si en el pasado me hubiesen preguntado aquello tan típico que se pregunta a los niños de «¿A quién quieres más, a tu abuela o a tu abuelo?», hubiese sido fácil contestar: «A mi abuelo Ricard». ¡Lo hubiese dicho sin dudarlo! Y sin embargo...

Cuando faltó Flor todos nos dimos cuenta de lo que

se había ido. Había desaparecido la fuerza, la columna que sostenía a la familia. Se había perdido el espíritu de la Casa del Árbol. La energía que mantenía unidos a aquellos individuos que verano tras verano habían continuado reuniéndose allí para convivir juntos unas semanas.

Cuando se fue Flor todo cambió. Sí, estaban las Navidades, en las que nos juntábamos todos de nuevo, pero no era lo mismo; sin ella, sin sus sesiones espiritistas, sin su lucha contra los insectos, sin su risa cantarina y su alegría, nunca nada volvió a ser lo mismo.

¿Y la Casa del Árbol? Ricard la conservó y mantuvo durante un tiempo, pero el espíritu de la casa era Flor. El roble gigante de la entrada daba nombre a la casa, y Flor era la que la alimentaba con su energía. Sin ella... el vacío fue demasiado grande como para conservar un lugar que en cada uno de sus rincones recordaba a mi abuelo lo que se había ido para siempre.

Por eso Ricard vendió la casa. Compró un piso pequeño en Barcelona en el que pasó sus últimos años.

Y yo nunca más volví a la Casa del Árbol.

Hasta el día en que soñé con mi abuela.

IV
El final

Apretaba contra mí el tesoro, el paquete que probablemente Ricard había ocultado en la chimenea antes de vender la casa. Se me humedecieron los ojos al recordar con tanta intensidad a mis abuelos y aquel último verano.

Ricard me había dicho en el hospital que se les habían ocurrido otras aventuras, otros juegos para Alba y para mí, y que lo habían hecho coincidir con algo que, después, no llegó a explicarme.

Mientras contemplaba el salón vacío y polvoriento recordé el poema que nunca había escapado de mi memoria:

«El manto de la reina mora tiene cuatro esquinas: Iscle, Vidreres, Llagostera y Seclina. Cuatro caballeros cercan a la reina, los cuatro la buscan, los cuatro la quieren. Cada uno tira de un borde del manto, pero el tesoro la reina lo guarda para su amado. La reina mora lucha contra ellos y huye hacia los bosques y oculta el tesoro bajo su cálido manto...»

Me encaminé hacia la puerta principal. Recité para mis adentros cada una de las claves…

«Pasando el arco del monte pelado», o sea, pasando la puerta de entrada de la casa, al lado de la cual había un cuadro horrible que representaba una montaña pelada y unos ciervos pastando.

«Por el camino del rojo azulejo», y el suelo de la entrada era de un terrazo rojizo.

«Más allá del vértigo dulce y la extraña locura»: al dejar el recibidor y traspasar la puerta del salón, se encontraba una reproducción de una lámina del siglo XIX, muy del gusto de la época, que mostraba una catarata, y unos exploradores que la contemplaban desde lo alto; y después, en la pared, había una máscara veneciana de un bufón.

«Sube hasta arriba y bajo las aguas»… Había que subir un escalón para llegar a la zona de la chimenea, y un barco bergantín, el del tío Fidel, presidía el salón.

Y por fin «en lo más profundo del fuego del infierno, se oculta el tesoro de la reina mora»: en el hueco secreto de la chimenea él había escondido el auténtico tesoro.

Era un doble juego de pistas: las del espacio geográfico y las de la Casa del Árbol. Sólo lo había entendido después de haber soñado con mi abuela.

Volví a reírme a carcajadas. ¿Cuándo lo habría guardado? Tuvo que ser cuando vendió la casa. Me pregunté si mantuvo la esperanza de que algún día me diese cuenta del doble juego que habían creado y de que encontrase el auténtico tesoro que había ocultado en la chimenea.

Salí de la Casa del Árbol tal y como había entrado, como un intruso, por la ventana de la cocina.

Cuando atravesé el jardín plagado de maleza eché un último vistazo al porche de verano.

«Adiós, abuela», pensé. «Adiós, Casa del Árbol.»

Me extrañó ver aparcado junto al mío otro coche de color rojo.

Continué avanzando hacia la verja, y entonces reparé en ella.

Era una silueta dibujada por unos tejanos y una chaqueta marrón. La melena oscura flotaba al viento, como si quisiese escapar hacia alguna parte. Estaba de pie, mirando hacia el jardín.

La reconocí aunque hacía años que no la veía, exactamente desde la boda de mi tío Fede con Feli. Porque sí, al final se habían casado. Mantuvieron su relación en secreto durante casi tres años, y después anunciaron que se casaban. Fue una revolución en la familia. Aquélla fue la última vez que la vi. Ahora tenía el pelo un poco más corto. Cuando me reconoció, dejó escapar un grito de sorpresa.

—¡¿Fran?!

La verja nos separaba.

—Hola, Alba.

Señalé la parcela en la que había estado la casa de sus abuelos. La excavadora seguía allí, inmóvil, junto a una pila de troncos.

—Han tirado tu casa.

Ella asintió con un gesto.

—Mis abuelos me contaron que iban a hacerlo... Casi preferiría no haberlo visto.

Me apoyé en el saliente del muro para saltar la verja.

—¿Qué haces tú por aquí? —me preguntó.

Sonreí al llegar a su lado.

—Es... una larga historia. Tenía que despedirme de la Casa del Árbol antes de que la derribasen. Era una cuenta pendiente. Pero soy yo el que debería preguntar qué haces tú por aquí.

—No te lo vas a creer... —pareció dudar un momento antes de continuar—. He tenido esta noche un sueño muy extraño…

—Has soñado con mi abuela —la interrumpí.

Ella abrió mucho los ojos. Dentro de cada pupila apareció un punto de pura incredulidad. En esa expresión reencontré a mi amiga Alba, como si el tiempo no hubiese pasado.

—¿Cómo lo sabes?

No le contesté. Me limité a sonreír.

—¿Te apetece un café? —le pregunté en cambio—. ¿Tienes que trabajar?

Ella puso una cara un tanto extraña. Con un gesto que también encontré familiar, alejó la melena de su cara.

—No tengo prisa. He dicho que estaba enferma.

—Te invito a un café entonces. Vamos al pueblo. Te contaré una historia…

—¡¿Te acuerdas de lo buenos que estaban los cruasanes de la pastelería de arriba?! ¡Vamos a por un par de ellos!

Echamos a andar. El aire fresco nos rodeaba. Guardamos silencio unos instantes.

—¿Qué llevas ahí? —señaló la bolsa cubierta de polvo y de telarañas.

—¡El tesoro de la reina mora! Mi auténtico tesoro.

—¡Venga, ya! ¿Qué dices?

—No te estoy vacilando, en serio que es el tesoro —le dije mientras abría la bolsa—. ¿Te acuerdas de esto?

Desenvolví el paquete con cuidado.

—¡Claro, hombre! —Alba acarició el azulejo.

Era el azulejo que habían hecho pintar mis abuelos. En él había un roble representado con sencillez. Con delicadas letras azules ponía «La Casa del Árbol». Y el acento de la «A» era de un trazo diferente, mucho más tosco y más grueso.

Mi tesoro: la Casa del Árbol.

—¿Lo has arrancado ahora? —me preguntó extrañada.

—Estaba escondido y lo he encontrado. Déjame que te lo cuente con el café. Te aseguro que es una larga historia. La historia de la Casa del Árbol; la historia de mi abuela.

Continuamos andando hacia el pueblo. Una ráfaga de aire nos envolvió. Me pareció que olía a césped recién cortado, a hinojo y a los restos de una paella perfecta. La sensación duró sólo un instante.

Ahora, caminando con Alba a mi lado, ya podía decir adiós a la Casa del Árbol.

¿FIN?

Nota de la autora

La Casa del Árbol existió realmente y mi espíritu, como el de Flor, debe de seguir deambulando por su jardín. Una parte de mí continúa atada a la hamaca que colocábamos en verano entre los árboles y va de la mano de mi hija a buscar las fresitas salvajes que crecían debajo del olivo. Me pregunto si, cuando ella sea adulta, recordará la Casa del Árbol como una Arcadia perdida asociada irremediablemente con la infancia.

Yo me enamoré de la casa en cuanto la vi, de sus robles centenarios, de las plantas aromáticas de la rocalla, del olivo, del césped que se llenaba de florecitas amarillas en primavera y de bellotas y hojas secas en invierno. Echo de menos el fuego de la chimenea, el olor de las flores, de los arbustos, la perezosa luz a la hora de la siesta, los cielos azules... Echo de menos el murmullo de los árboles que nos hablaban con su propio lenguaje. La echo tanto de menos...

Esta historia nació del dolor por la pérdida del bosque que rodeaba la Casa del Árbol. Un día de verano las excavadoras amanecieron entre los árboles, y en veinticuatro horas el verde desapareció para convertirse en marrón y después en gris. Aquellas imágenes y sensaciones se fueron transformando en palabras, y así surgió el esbozo de lo que sería *El espíritu del último verano.*

Después las circunstancias de la vida nos obligaron a vender la casa, pero nunca he podido desprenderme de ella. La Casa del Árbol continúa dentro de mí. Espero que a partir de ahora una pequeña parte de ella permanezca también dentro de vosotros.

ET IN ARCADIA EGO. ET IN ARCADIA VOBIS.

Nota final para aventureros curiosos (cierta, auténtica y verdadera)

En la provincia de Salamanca, cerca de Ciudad Rodrigo, hay un pueblo llamado Martiago. Allí los más viejos del lugar aún recuerdan una canción, *El manto de la reina mora,* que explica que en aquellas tierras se encuentra escondido un tesoro, el de una princesa mora. Quizás esa leyenda sea cierta y ese tesoro esté esperando a que alguien lo descubra. Y, quién sabe, quizás ese «alguien» puedes ser tú.